㈜수정관광화물

문학헌장

문학은 인간이 창조한 가장 심원한 예술이며, 인간의 갈망을 실현시키는 이상이다.

문학은 인간의 이성과 감성이 빚어낸 예지의 결정이며, 순연한 영혼이 서식하는 진실의 집합체이다.

문학은 인간 구원과 사회 정화의 길잡이이며, 영혼을 깨우치는 스승이다.

돌아보면 문학의 향기는 반만년, 내다보면 문학의 길은 천리 만리 영원하다.

예술에 대한 문학적 사색과 끊임없는 언어의 탁마로써 문자예술의 지평을 확대 심화시키는 일이 문인의 사명이다.

한국문인협회는 오늘의 한국문학을 점검, 반성하면서 시대와 함께하는 한국문학의 정체성을 표방하기 위해 '문학헌장'을 제정, 이를 문학운동으로 전개할 것을 다짐하며 다음과 같이 선언한다.

첫째, 문학은 인간의 삶에 기여하는 예술이다. 우리는 이 숭고한 정신에 동참한다.

둘째, 문학은 당대의 세계와 끊임없이 소통한다. 우리는 이 소통이 시대와의 호응 속에 이루어지고, 그것이 긍정적인 변화로 실현되는 창작활동을 지향한다.

셋째, 문학이 진실탐구의 예술임을 재인식하고, 이를 작품으로 형상화하여 독자들이 향수하게 한다.

넷째, 문학을 통한 인류의 평화, 자유, 행복에 기여한다.

다섯째, 전통의 수용 위에 변화를 모색하고, 한국의 정체성을 구현하며, 한국문학의 발전과 세계화에 이바지한다.

2008년 10월 31일

사단법인 한국문인협회

상주 예술 문화의 전당

한국예총상주지회 임원

지 회 장　정운석
부지회장　박정우 정수정 오영일
감　　사　박수현 송옥경
사무국장　민경호

한국문인협회상주지부
지 부 장　박정우　　　　　　　**부지부장** 이승진 신동한 이미령
사무국장　김동수

한국미술협회상주지부
지 부 장　윤대영　　　　　　　**부지부장** 정상득 고창호
사무국장　김명희

한국음악협회상주지부
지 부 장　문종원　　　　　　　**부지부장** 이성원 황윤자
사무국장　정동식

한국국악협회상주지부
지 부 장　송옥경　　　　　　　**부지부장** 박중섭 류승돌
사무국장　김지연

한국연극협회상주지부
지 부 장　오영일　　　　　　　**부지부장** 윤현주 임창용
사무국장　오옥주

한국사진작가협회상주지부
지 부 장　이유창　　　　　　　**부지부장** 김현주
사무국장　차진환

한국무용협회상주지부
지 부 장　정수정　　　　　　　**부지부장** 이창선
사무국장　정원희

박정우 회장 환영사

김재수 시인 문학강연

시 노래 연주

출판기념회 기념사진

2013《상주문학》제25집 출판기념회

본회 회원

제25집 《상주문학》

故 박정구 선생님 유고시집
『이슬 샘물 햇살 같은 아이들』

故 박정구 선생님 아들 박인호와 함께

지리산문학관

혼불문학관

벚꽃 시화전 안내 현수막

시화전 안내판

시화전 개회식 후 간담회

시화전에 참석한 회원들

벚꽃보다 사람이 좋아

회장님 인사 말씀

백만흠 상주교육지원청교육장님 축하 말씀

시 낭송과 백일장

정운석 예총 회장님 인사 말씀

참가한 학생들

시 낭송 심사

시 낭송 대회 사회자 이은정

시 낭송 하는 어린이

2014 낙강시제 문학페스티벌

제3회 청소년 문학상 - 박정우 회장 인사말

문학강연

시화 전시

시 낭송 퍼포먼스

원화 전시

학생백일장 개회식

학생백일장에 참석한 내빈

학생백일장 시제

尙州文學

2014 제26집

특집 Ⅳ. 낙강시제 문학 강연

특집 Ⅴ. 달성문인협회 초대

낙강시회는 1196년(고려 명종26년) 최충헌의 난을 피해 상주에 우거했던 백운 (白雲) 이규보(李奎報, 1168~1241)의 시회로부터 1491년(성종22년)의 상주목사 강구손, 의성군수 유호인 등의 시회를 거쳐 1862년(철종13년) 계당(溪堂) 류주목(柳疇睦, 1813~1872)에 이르기까지 666년 동안 총 51회에 걸쳐 이루어진 역사적인 시회입니다.

역대 51회의 시회를 2002년부터 잇고 있는 '낙강시제'는 올해로 제64회를 맞이하고 있습니다. 〈상주문학〉은 선배 문인들의 '자연과 인간과 시 사랑의 호방한 문학정신'을 받들고 섬기며 그만큼의 책임감으로 지금 여기, '사람을 만드는 문학, 세상을 살리는 문학'을 실현하고자 합니다.

2014 제64회

『2014 낙동강』 시인들

고경연 공영구 권득용 권숙월 권형하 김다솜 김동수
김동억 김동원 김동현 김설희 김소영 김수화 김숙자
김시종 김연복 김영미 김영애 김영월 김원중 김이숙
김인숙 김재수 김재순 김재환 김제남 김종희 김주애
김주완 김춘자 김희수 나동훈 박규해 박근철 박두순
박성애 박순덕 박인옥 박정우 박찬선 박형동 박혜자
백영희 백종성 서영석 송재윤 신동한 신순말 신재섭
신표균 오승강 우상혁 유재호 윤민희 윤순열 윤현순
이강홍 이대걸 이덕모 이미령 이상열 이상훈 이순영
이승진 이오례 이옥금 이창한 임슬랑 장효식 전선구
정관웅 정구찬 조순호 조영일 조재학 조정숙 조평진
최상호 최성익 최효열 황구하

洛江詩祭 시선집
낙동강

한국문인협회상주지부 • 청어

향토를 사랑하는 문학

박정우

한국문인협회상주지부 회장

사람들에게는 누구나 태어나서 자라난 정든 고향이 있습니다. 내가 태어나고 자란 곳, 조상 때부터 대대로 살아온 곳을 가국(家國), 고원(故園), 시골, 향국(鄕國), 향리(鄕里)라고도 하며, 향토(鄕土)와도 맥을 같이합니다. 부모 형제와 애환을 나누고 살아가며 웃고 울며 지내던 곳이기 때문입니다.

그런데 작금의 현실은 고향이라고 부를 수 없을 정도로 고향이라는 것이 애매한 것도 사실입니다. 일반적으로 아버지의 고향과 어머니의 고향은 당연히 다를 수 있지만, 아버지의 고향과 나의 고향은 같을 수도 다를 수도 있습니다. 또 내가 태어났지만 자라난 곳은 다른 곳에서 자라서 고향이라고 이름 부르기도 쉽지 않습니다.

그렇지만 고향과 같은 향토는 내가 태어나서 자라고 공기, 흙, 물, 나무, 풀, 이웃과의 정, 지정학적인 관계 등이 오롯이 나와 함께 존재하고 이웃하며 언제, 어디를 가더라도 한결같이 어머니의 모습으로 따스하고 정겨우며 마음밭으로 다가옵니다. 그래서 객지 생활을 하는 사람도 시간이 나면 언뜻언뜻 고향 생각을 하고, 곧장 달려가 고향 마을의 모습을 보고 싶고, 동구나무를 달려가 껴안고 싶고, 어릴 적 같이 자란 친구들을 만나보고 싶은 곳입니다.

서정 어린 정경을 담는 문학이 문학의 출발지점이라고 누군가 말한 것을 본 적이 있습니다. 혹자들은 서정 문학이 너무 진부하고 고루하고 시대상과 맞지 않고 인간의 내면과 희·로·애·락을 노래하기에는 한계가 있다고 하여 문학적 소재로 선뜻 받아들이지 않는 경향이 있습니다.

그러나 각박한 세상이 보여주는 현실은 한참이나 도를 넘었다고나 할 수 있습니다. 무섭고, 어렵고, 힘든 사람들의 삶의 무게를 높고 낮음 없이 풀어 주고, 위로해 주고, 어루만져주는 데는 향토를 소재로 한 정감 어린 글들이 제격이라고 봅니다. 그러면서도 일반 독자들에게도 쉽게 접근할 수 있고, 쉽게 공감할 수 있고, 쉽게 이해할 수 있는 향토색 짙은 글들이야말로 마음의 안식을 잃어버린 현대인들의 필수 영양제와도 같다고 할 수 있겠습니다.

《상주문학》이 어언 26번째 연간집의 모습을 보이게 되었습니다. 창간호부터 25집까지 실린 장르별 모든 작품의 소재를 살펴보면 상주를 소재로 한 작품들이 무척 많습니다. 상주의 문화, 의·식·주, 산 및 강과 들, 생산물, 명승지 등이 우리 상주에는 어느 지방 못지않게 빼어나고 많습니다. 이를테면 선비정신, 서원, 향교, 충절, 왕릉, 쌀, 누에고치, 곶감, 낙동강, 북천, 갑장산, 노악산, 상주들, 경천대, 자전거, 문장대, 폭포, 산성, 동학 등이 우리나라 어느 고장보다도 다양하고 풍부하여 문학적 소재로 많이 다루고 있습니다.

이러한 다양하고 풍부한 소재를 바탕으로 상주의 문인들은 각 장르별로 다양하고 빼어난 작품을 써야 한다고 봅니다. 상주에서 태어난 문인, 상주를 거쳐 간 문인들이 지금 대한민국 문단에서 우수한 작품을 발표하고 문단에서 주목을 받고 있는 분들이 많습니다. 이들이 가끔 뿜어대는 상주사랑의 작품을 접하면 그 향기가 온통 상주고을을 진동합니다. 이는 곧 정통 매스미디어와는 다른 또 다른 상주 홍보요, 상주의 긍지이며, 상주의 자랑거리입니다.

상주는 '동시의 마을', '아동문학의 메카'로 전국에 알려져 있습니다. 이는 1950년대 후반부터 상주의 초등학교를 중심으로 일어났던 글짓기 지도의 성과로 따라 붙은 별칭 '동시의 마을'을 들 수 있습니다. 6, 70년대 상주의 어린이들은 전국을 무대로 한 백일장에서 단연 두각을 나타냈습니다. 1962년 서울 배영사에서는 전국백일장에 당선한 상주어린이들의 작품을 문집으로 발간하여 전국에 알리니 상주가 명실공히 동시의 고장임이 입증되었습니다. 동심은 순수합니다. 동심은 영원한 마음의 고향입니다. 그래서 어린이는 어른의 아버지라고도 합니다. 동심이 살아있는 아름다운 상주에 동심을 바탕으로 한 '동화나라 상주 이야기 축제', '감고을 상주 이야기 축제'는 그 모티프가 이와 무관하지 않습니다.

또한 상주에서 태어나고 상주에서 자라면서 연작시를 쓰고 있는 박찬선 시인의 「상주사랑」 작품은 현재 247편째 이어지고 있습니다. 시인은 연작시를 쓰는 이유가 태어나고 자란 곳이 상주이기에 지역에 보답하기 위해서라는 소박한 대답이었습니다. 상주의 빛나는 전통을 바탕으로 상주의 자연과 상주 사람들의 삶, 그리고 상주의 모습을 시인의 깊은 통찰과 감성으로 차분히 그려내고 있습니다. 상주의 이야기, 상주의 정서를 향토색 짙게 그려 상주 사람은 물론 상주 밖의 사람들에게도 상주의 향기를 널리 퍼뜨리고 있습니다.

바쁘게 살아가는 요즈음 사람들은 포근하게 감싸 주던 그리운 향수와 소담스런 정이 담겨진 고향을 잊고 살아가기가 일쑤인데, 문학 작품은 우리 인간으로 하여금 일상을 되돌아보게 하고 살아가는 삶의 가치를 추구하며 마음의 풍요와 평정을 누리게 합니다. 또한 순수한 인간성의 발휘와 무한한 사유의 자유를 행사하여 아름다운 심성과 내면에 잠재하고 있는 지혜의 샘을 솟아나게 하므로 보다 수준 높고 즐거운 삶을 창조해 나갈 수 있도록 하는 무한한 가치라 할 수 있습니다. 그러므로 문학인이 향토색 짙은 소재로 작품을 쓰면 그 지역의 사람들도 공감하여 그 작품을 즐겨 읽을 것이고, 더 친밀하게 접근할 것이며, 작품과의 거리도 좁혀져 문학의 대중화에 이바지할 것입니다.

본 지부가 매년 실시하는 '벚꽃시화전', '상주예술제 백일장', '정기룡 장군 탄신 기념 백일장', '환경 백일장', '낙강시제 문학페스티벌', '연간집 발간 및 출판기념회' 등도 상주의 사람들에게 더 가까이에서 문학을 보여주고, 이야기하고, 소통하고, 더 나은 삶을 위해 회원들이 적극적으로 행사를 추진하고 있습니다. 문화 중에 으뜸은 예술이라 했고, 예술 중에 으뜸은 문학이라 했습니다. 현 정부의 문화 융성정책에 걸맞게 향토색 짙은 작품을 써서 지역민들에게 보답하는 것도 우리 문학인이 가야 할 길이라고 생각합니다. 그런 지역민들의 사랑을 듬뿍 받은 문학작품은 대한민국의 어느 독자들에게도 좋은 반응을 얻을 수 있다고 봅니다.

끝으로 《상주문학》 제26집이 탄생할 수 있도록 물심양면으로 지원을 해주신 이정백 상주시장님과 관계자 여러분, 특집으로 작품을 보내 주신 달성문학 회원 여러분, 그리고 한결같이 버팀목이 되어주고 주옥같은 작품을 보내주신 본회 회원 여러분들께 깊은 감사를 드립니다.

尙州文學

尚州文學

추모 특집
이상달 시인

이상달
시장의 노래·Ⅰ 외 9편

이승진(상주문협 회원)
한 시대의 아름다운 가난을 채보한 '시장의 노래'
– 故 이상달 시인의 작품 세계

이상달 시인이 2013년 겨울 우리 곁을 떠났다. 《상주문학》 제2집(1988)에서부터 이상달 시인의 작품을 만날 수 있다. 이 시인은 결혼 무렵부터 상주문협 회원으로 활동하면서 상주문협의 발전과 회원의 친목도모에 노력하였다. 고향, 자연에서 동시를 뽑아내 등단한 동시인이었으며 '시장의 노래'를 부르던 이 땅의 현장 시인이기도 하였다.

상주에서 서점과 학원을 경영하며 문인들과의 교분이 두터웠던 이 시인의 삶과 작품세계를 돌아보는 추모 특집을 마련했다. 삼가 고인의 명복을 빈다.

시인 이상달

1960년 경북 상주 출생. 포항고, 상주농업전문대를 졸업하고 아동문예와 제3세대 문학으로 등단. 경북서림 운영. 《상주문학》 제2집부터 제19집까지 활발하게 참여하였으며, 잠시 문학 활동을 중단했다가 2012년 《상주문학》 제24집에 「시장의 노래·189」를 마지막으로 상재함.
주로 6070 세대의 고향, 강, 새, 돌, 꽃이 주종을 이루는 감성 깊은 동시와 가난을 근간으로 하는 상주 지역 전통시장을 배경으로 연작시 「시장의 노래」 창작에 애착과 긍지를 가지고 활동함. 시집 『시장의 노래』 기획 중 2013년 작고.

시장의 노래·Ⅰ 외 9편
-채소 파는 아낙

이상달

해거름 저잣거리에 서면
생살 돋아나는 감흥이
짜릇이 피어난다
당달봉사 사내
고무줄 매듭진 장대 끝엔
정강이 시린 고추잠자리 한 마리
노을 속에서 깜북 졸며
계절의 얼룩을 지운다
알몸끼리 등을 기댄 헐값 무단을
이리저리 뒤척이는
빈이 어메 목 시린 피울음에
동개동개 포개진 세월이 풀리며
파장은 흥청이며 꿈틀된다.
올올이 풀려진 가난한 영혼은
무청 시락죽 곱씹으며
눈물을 낳아
위대한 활시울은 팽팽히 이어져
천공으로 수 없이 쏘아대는 화살들
끈에서 끈으로 이어지는 사연은
실뼈 바수는 하루의 기억저편
장꾼들은 옹이손 마디마디
담금질로 이어지는 뜨개질을
쉼 없이 뜨고 있다

- 1988년 《상주문학》 제2집

시장의 노래·IV
– 청과물 공판장에서

신새벽 눈꼽 털며
낡아진 리어카 바퀴 손질하여
청과물 농협 공판장에 이르면
몸부피가 자꾸만 죄어드는 빈이 아베
풀무질로 담금질된
번득이는 수화자 손놀림에
장꾼들은 안개로나 피워내는 쌍욕이
너풀너풀 마른기침으로 돋아나고
참한 것 고르려다 뜀박질 삿대질로
하루가 투명하게 익어가는 풍경화에
햇살은 과육을 향해 무지개를 피어댄다
누구를 사랑하는 일도
누구를 증오하는 일도
돌아서면 맞손잡고 킬킬대는 가난을
안으로 곰삭히는 처절한 반란이다.
줄지어선 팔보 금메달 수박에 참외
유명 백도 황도 자두 포도알
이 모두 어우러져 칠월은 돌아눕지만
진종일 리어카 바퀴 굴려
골목 골목 시장바닥 헹구며
'자 떠리미 떠리미 마숫거리 본전에 드립니다'
완강히 목청 피댓줄 돌려야만
반반한 전세방이라도 구할 텐데
엊그제는 주인집 아이와 싸워
볼퇴기 꼬잡힌 빈이놈 순한 눈동자가
포도알로 까맣게 익어가는 칠월에

– 1988년 《상주문학》 제2집

시장의 노래·1
– 책을 팔면서

책 속에 파묻혀
책을 사러 오는 사람을 보면
책을 사는 사람은
어쩌면
행복한 사람이다
책 표지에다
가위질을 할 때면
가끔은
그 사람의 마음도
오려 보지만
책을 사는 사람과
책을 파는 사람의 부피는
어느 정도일까?
전화벨이 울린다
아! 네 시 부문 베스트셀러는
사랑굿에다
다음은 접시꽃 당신입니다
전화를 끊고나서
베스트셀러를 읽어 본다
왜 이 책이
그대들 가슴에 닿아 오는지
한참은
오리무중이다
황무지의 사월이
먼발치서 다가오는 듯하오

– 1990년 《상주문학》 제3집

공판하는 날

I
새가 소리 내어 우는 것은
햇살에 自身의 指紋을
새기기 위해 우는 것은 아니다

II
무수한 그림자를 핥으며
장마가 쓸고 간 들녘엔
이름 없는 풀꽃은 매양
윤기를 더하며 피어나고,
새는
꽃수술 위로 흐르는 情熱을 씹으며
하아얀 言語를
꽃대궁에다 새긴다

III
심부 깊숙이
바람이 떨구고 간 씨알들
그 씨알을 먹으며
튼튼한 부리는
歷史의 맥을 가늠하며
世紀의 하늘을 받치고 있다

IV
새가
깃을 퍼덕거림은

存在를 위해 날기보다는
生存에 意味를 부여하기 위해
헛깃이라도 치는 것이다

– 1994년《상주문학》제6집

자화상

서른네댓 살 먹은
책장사 하예는
아직은 때가 묻기 싫어
가끔은 헐렁한 순댓집에 앉아
흐린 술 앞에 두고 스스로 잔을 채워
막무가내로 맑은 애기를 끌어올려
진종일 술 마시는 날도 있었지

누군가가 직업을 물어 오면
책을 좋아 책을 팔고
책을 팔아 밥을 먹고
책을 사는 사람의 넉넉함이 묻어나는
까망 표정을 좋아도 하지
지지배배 제비새끼마냥
세 살 박이 우리 장주
잘 먹고 잘 자고 까불어

알밤으로 똑똑 튀어났지
쨱쨱이는 참새가 되어
연신 입을 오물이는 공주
가만 조용 나부끼는 백설이 되었지
마누라는
가끔은 술 많이 먹는다고
시린 광채를 번뜩이지만

신 새벽 일어나
매운 풋고추에 콩나물 넣어
해장국 끓여 한 폭 풍경화를 그렸다

책이 좋아 책을 읽고
책을 팔아 밥을 먹는
가끔은 비릿한 아픔에
막걸리 서너 병 시켜 놓고
후루룩 순댓국을 마시지만
톱니가 되어 맞물리는 일상을
정한 주리 움켜쥐고
휘익휘익 휘파람새가 되어
가슴에 부리를 감추며
먼 산을 바라본다

- 1995년 《상주문학》 제7집

내 마음 돌이 되어·IV

산자락 딛고 일어서는 먼 산 여울
언뜻언뜻 스치우는 그리운 얼굴
정에 주려 곪은 자국 마디마다
번져 나는 피고름
깊은 강 속으로 잠기는 日常의 言語
가난을 씹다씹다 울궈진 군침 삼키며
홧김에 깡술을 진종일 꼬아 넣어도 본다
새벽녘 달맞이꽃이 허옇게 바래지는 꽃수술 위로
소리 죽여 피어나는 별이 흐르고
질척질척 밟혀 오는 토담집 석가래 무늬
쓰린 배 움켜쥐고 냉기 서린 방문 열면
홑이불 둘러쓴 아내가 반긴다
그대는
삶에 찌들리고 가위 눌려도
쪼르르 일어나
대들보에 동그마니 매달린
북어 한 마리 뽑아 파대궁 썰어 넣고
몽돌로 짓이기어 장국 끓이는
풋풋이 번져 나는 엿가락 같은 情이여

– 1995년 《상주문학》 제7집

금당화

재작년
초봄이었을 거다
친구 집에서
금당화 모종을 얻어
대문 켠에 심어 놓고
기념으로 돌로 된
문패를 걸었지
작년부터 꽃은
꼬리에 꼬리를 물고
발갛게 마알간
꽃망울을 터트리며
소복소복 대문을 덮을 땐
아련히 걸려 있는
노을이었지

– 1996년 《상주문학》 제8집

쌍암리 · III
– 보름날

무르익은 달빛 내려와
벼 벤 그루터기에
올망졸망 앉는다
겨울을 마름질한 아이들
씩씩 숨소리 거칠어지며
빙글빙글 횃불 돌린다
환하게 밝게
긴 잠깬 불씨들
연방 화살 되어 하늘에 쏘아지고
저녁노을 사이로
깡통을 돌릴 때
따닥따닥 관솔불은
한 발짝 한 발짝 무너져
길 잃은 철새들 이정표 되는가
달이 횃불을 돌리며
가래골로 시집간
누이 속눈썹을 생각하며
불을 지핀다
달을 지핀다

– 1998년 《상주문학》 제10집

질경이

기성회비 못 내
질겅질겅 눈물 씹던
누나 우리 누나

미술 준비물 못 가져가
싸리나무 삽짝에서
훌쩍이던 막내동생

질경이 새순 치마폭에 감추어
좁쌀 반 나물 반으로
우리 육 남매 상머리에 앉히고
안도의 숨을 쉬던 어머니

무거운 짐 다 짊어지고
간이 나빠 질경이 뿌리 삶아서

후룩후룩 마시며
먼 하늘 별자리로 우뚝 솟을 아버지

낙동강 방천둑 거닐면
소복소복 피어나는
연둣빛 새순이
아지랑이에 녹아서
가물가물 피어납니다

– 2001년 《상주문학》 제13집

굳세어라 말봉댁
– 시장의 노래·186

말봉댁은 새벽잠을 깨어선
천봉산 옹달샘에서 정화수를
신주단지 모시듯 길러왔다
천지신명이시여
주문처럼 반복에 반복을
이마에 피가 맺히도록
우리손자 우리손녀 무탈하게 해주이소
우리아들 술 좀 덜 먹게 해주이소

말봉댁 살아가는 모습은
전쟁보다 살벌한 살얼음판이다
새벽마다 거창한 의식을 치루면서
내일은 오늘보다 나아지겠지
설렘과 기대 반으로
속고 속은 지 팔십 평생
말봉댁은
여태 병원을 모르고 살았다
감기가 들리면 보리차 생강차 진하게 끓여서
마시고 또 마시고
감기가 나을 때 까지 마시다보면
저만치 감기는 멀어져 갔다

오늘은 보름장이 서는 날
말봉댁은 새벽에 일어나 정화수를 떠 놓고
천지신명이시여
혼자 아는 주문을 주절주절 뱉으며

다짐에 또 다짐을 한다
고사리 시금치 콩나물 아주까리
콩 팥 수수를 즐비하게 쌓아놓고
수험생이 되어 손님을 기다린다
오늘은 많이 팔아야 되는데……

- 2012년 《상주문학》 제24집

한 시대의 아름다운 가난을
채보한 '시장의 노래'
– 故 이상달 시인의 작품 세계

이승진(상주문협 회원)

　A라는 농부가 봄이 와 씨를 뿌리고 여름 내내 한 가지 작목을 중심으로 열심히 농사를 지었단다. 그런데, 그 사내가 가을이 오기 전에 농사일을 그만 두었다면 낭패도 이런 낭패가 없을 것이다. 더욱이 농사일을 그만 둔 것이 죽음 때문이며, 그 작목의 농사는 다른 사람이 짓기 어려운 일이라면……

　지방의 소도시에서 한 가지 주제로 연작시 「시장의 노래」라는 작목을 재배해 오던 한 시인이 수확하는 가을이 오기 전에 갑자기 시의 밭을 두고 이 세상을 떠났다. 우리는 안타까운 이 시인에게 낭패라는 말 밖에 달리 할 말이 없을 것이다. 그의 이야기를 쓰는 일도 역시 낭패다. 패 중에서도 가장 어려운 패.

　떠난 사람이 있던 자리나 시간을 돌아보는 일은 마음 저린 일이다. 특히 그가 시인으로 살았던 사람이라면 조심스럽게 접근해야 할 것이다. 건드릴 때마다 그의 이야기가 상처로 덧날 수 있기 때문이다. 2013년 발간된 《상주문학》 제25집에는 이상달의 시가 없다. 2012년 제24집에서 그의 시 「굳세어라 말봉댁」을 만났다. 「시장의 노래·186」이라는 시는 길었지만 그는 정작 굳세질 못했다. 너무 빨리 우리 곁을 떠났다.

시인은 고향과 고향의 시장, 그리고 산과 강을 좋아했다. 그가 좋아하던 천봉산 옹달샘에서 정화수를 길러오는 말봉댁을 만난 것은 그의 시「시장의 노래」가 절정으로 달리던 시절이었다. 1년에 몇 편 정도의 시를 쓰는 보통 시인에 비해 단일 제재로 수 백 편의 시를 쓰게 된 것은 말봉댁이 있는 상주장을 만나 시문이 새롭게 트인 까닭이었을 것이다.

시인이 가지고 다니던 두터운 '시장의 노래' 공책을 기억한다. 시인이 불러주던 시장의 노래가 들려오는 듯하다.

오늘은 보름장이 서는 날/말봉댁은 새벽에 일어나 정화수를 떠놓고/고사리 시금치 콩나물 아주까리/콩 팥 수수를 즐비하게 쌓아놓고/수험생이 되어 손님을 기다린다/오늘은 많이 팔아야 되는데……
                                                    – 「시장의 노래·186」 중에서

시인은 보름장이 서는 날을 기다리는 부지런한 말봉댁이었다. 고사리 시금치를 비롯한 온갖 시의 소재들을 모아가며 시의 손님, 시의 한 수를 기다리는 수험생이었을 것이다. 말봉댁의 장사가 잘 되기를 빌듯 삶을 가꾸는 그의 시 작업도 잘 되기를 빌었을 것이다.

시인은 지금은 대학생이 된 아들(당시 고3 수험생)을 지극히 사랑했다. 그런 연유로 말봉댁은 때로 자신의 시를 가꾸는 가족이 되어 시장에서 손님을 기다리는 수험생의 삶으로 투영되었을 것이다. 시인 역시 공부하는 수험생으로 시장의 노래를 열심히 채보하던 그날처럼……

1. 시장으로 간 후조의 동심

새가/깃을 퍼덕거림은/存在를 위해 날기보다는/生存에 意味를 부여
하기 위해/헛깃이라도 치는 것이다

— 「새·Ⅳ」 중에서

한 시인이 사물을 보는 관점에 대한 파악은 삶과 시를 직조하는 기본
재질을 알 수 있는 초보적인 문제로 본인은 물론 독자에게도 매우 의미
있는 일이다. 이상달 시인은 「새·Ⅳ」에서 왜 새의 날개짓의 의미를 존재
보다 생존에 두었을까? 세상은 왜 시인에게 약간의 철학적 허영이 팔짱
을 끼고 있는 '존재' 보다 훨씬 더 처절한 '생존' 을 고민하게 했을까?

시인은 모든 것을 사랑하기 위하여 자신을 스스로 아픔을 짊어지고 사
는 사람이라고 했다. 이 시인은 헛깃과 헛깃 아닌 것의 혼돈 속에서도 한
시대의 아름다운 가난을 찾아내는 미학과 그들이 부르는 노래를 채보하
는 자의 성실과 책무성을 가진 자이다. 헛깃을 칠(?) 줄 알았던 시인은 서
양의 황무지를 찾아가는 일보다 동양의 노자가 부르던 노래를 듣고 싶어
시장을 직접 찾아가 채보를 했고 그 역시 마케팅의 최전선인 경북서림을
운영하면서 '존재' 보다 훨씬 더 처절한 '생존' 을 고민했던 적이 있었을
것이다.

생존을 고민하던 시인은 생살 돋아나는 감흥이 일어나는 시장을 찾아
간다. '시장의 노래' 서막이다. 생살은 상처를 전제로 한다. 하루 중의 시
간은 해거름이며 장소는 저잣거리이다. 이 시간과 장소는 이 시인이 시
를 직조하는 시간이며 삶에게 생살을 내어주며 세상이 던지는 상처를 온

몸으로 받아내는 또 다른 생존의 시간이다.

> 해거름 저잣거리에 서면/생살 돋아나는 감흥이/짜릿이 피어난다
> //(중략) 장꾼들은 옹이손 마디마디/담금질로 이어지는 뜨개질을/쉼
> 없이 뜨고 있다
>
> 　　　　　　　　　　　　　　　　　　 − 「시장의 노래·1」 중에서

옹이는 상처가 아문 자국이다. 장꾼들은 모두가 상처다. 마디마디가
삶의 상처다. 쉼 없이 뜨는 시장의 뜨개질은 한 뼘 한 뼘이 모두 담금질
처럼 뜨겁고 아프다. 시인이 만난 상인들은 점포 주인이거나 큰 상인이
아니었다. 그가 관심을 가진 상인은 빈이 아베나 어매처럼 혹은 고향의
성곡 아재처럼 모두 가난한, 그럼에도 불구하고 아름다운 사람들이었다.

이상달 시인은 개인적·역사적 상처를 안고 한 시대의 가난을 노래한
시인이다. 그는 가난한 사람들의 곁에서 가난을 위한 노래를 불렀던 우
리의 착한 이웃이었으며 가족과 고향, 그리고 시장에 살면서 시장의 가
난과 아픔까지 사랑한 우리의 글꾼이었다.

> 신새벽 눈곱 털며/낡아진 리어카 바퀴 손질하여/청과물 농협 공판장
> 에 이르면/몸 부피가 자꾸만 죄어드는 빈이 아베/풀무질로 담금질된
> /번득이는 수화자 손놀림//(중략) 누구를 사랑하는 일도/누구를 증오
> 하는 일도/돌아서면 맞손잡고 킬킬대는 가난을/안으로 곰삭히는 처
> 절한 반란
>
> 　　　　　　　　　　　　　　　　　　 − 「시장의 노래·Ⅳ」 중에서

이른 새벽 수레를 끌고 청과물 시장으로 나가는 우리의 이웃 빈이 아베
의 수화 역시 아픈 풀무질이며 담금질이 된다. 그 청과물 시장을 시인은
빈이 아베의 시선으로 찾아간다. 그런 그에게 가난은 차라리 반란이지
못하고 누구를 사랑하는 일과 누구를 증오하는 일을 곰삭하게 하는 내적
울분으로 남아있게 한다. 그래서, 그 반란은 처절할 수밖에 없는 풀무질
이자 눈물이었다.

그는 등단 무렵의 시작노트에서 그의 마음을 철새라고 밝힌 적이 있
다. 그의 시인적 자질과 시에 관하여 그가 어둠 속에서 꿈꾸던 은하의 강
을 만날 수 있어 글 전체를 옮겨본다.

한 편의 詩를 마름질할 때면 한 조각 한 조각 비늘은 벗겨지고 가슴
에 까아만 돌 하나 남는다. 어수룩이 번져오는 思念은 어둠 속에서
태어나 어둠으로 영글며, 광분하는 햇살에 빗질되어 이름 없는 들꽃
가슴팍 덮히다 방울방울 이슬로 태어나기도 하리.
요리조리 생각 먹은 가슴팍이기에 아흔 아홉 가지 물줄기와 아홉 개
물방울과 한 빛깔로 흘러내리는 銀河의 江일래, 누가 나에게 마음을
물어온다면 어디론가 퍼얼쩍 날아가는 候鳥라고 나는 말할래.
— 시작메모, 「시장의 노래·5」, 어떤 풍경화에 붙여

이상달 시인은 자신의 내면에 아름다운 동심(《아동문예》 등단)을 가지고
살았다. 자연이나 시장을 만날 때 모두 동심으로 만난 시인이다. 자연 속
을 동심으로 들어갔을 때는 갈등의 소지가 적다. 그러나 자신이 직접 경
북서림에서 책을 팔면서 시장으로 나간 시인의 동심은 근원적으로 상처
가 덧나고 아플 수밖에 없는 상황이었다. 시장을 원초적 마음, 본래의 마

음으로 공부하려 했던 그의 애정은 상처에 몸서리치는 삶으로 연결되는 구조적 인연을 가지고 있었다. 그는 동심의 봇짐을 메고 시장으로 간 아름다운 운명적 철새였다.

2. 날아라 '시장의 노래'

책 속에 파묻혀/책을 사러 오는 사람을 보면/책을 사는 사람은/어쩌면/행복한 사람이다/책 표지에다/책을 파는 사람의 부피는/어느 정도일까?

ㅡ「시장의 노래·1」 중에서

서른너댓 살 먹은/책장사 하예는/아직은 때가 묻기 싫어/가끔은 헐렁한 순댓집에 앉아/흐린 술 앞에 두고 스스로 잔을 채워/막무가내로 맑은 애기를 끌어올려/진종일 술 마시는 날도 있었지//누군가가 직업을 물어 오면/책을 좋아 책을 팔고/책을 팔아 밥을 먹고

ㅡ「자화상」 중에서

정일근은 『시는 나다』에서 '시가 나의 열망이었기에 스스로 시 쓰는 법을 익혔다. 몇 권의 시집이 나의 스승이었다.'고 했다. 이상달 시인도 상주문인협회, 목탄문학회, 상주아동문학회 활동을 하면서 시에 관한 열망으로 독학에 몰두하였다. 이상달 시인에게 열망인 시는 자신의 내면으로 들어가 그의 삶을 설득을 시키고 그를 살리는 일을 하였다. 그래서 그의 시는 이상달 자신이었다. 그에게도 '나에게 시는 나다. 나 이상도 나 이하도 아니다.'의 외침은 유효하였으며, 그로 하여금 헐렁한 순댓집에 앉

아 흐린 술 앞에 두고 스스로 잔을 채운다는 자화상을 쓰게 하였다. '책을 사는 사람과 책을 파는 사람의 부피'는 얼마인지 이 아픈 삶의 부피는 또 얼마인지를 측정하며 살았을 것이다. 그랬다. 이상달은 시였고 시는 이상달이었다.

시인의 '서른 즈음'이 투영된 시를 만난다. '서른너댓 살 먹은/책장사 하예는/아직은 때가 묻기 싫어/가끔은 헐렁한 순댓집에 앉아/흐린 술 앞에 두고 스스로 잔을 채워/막무가내로 맑은 애기를 끌어올려/진종일 술 마시는 날도 있었다'란 시인의 독백은 그의 시작이 왕성하던 젊은 시절의 모습을 떠올리게 한다. '아직은 때가 묻기 싫었고 맑은 이야기를 끌어올리고 싶은 마음'은 바로 그였기에 시인의 떠남이 더 안타깝고 애절해지는 것이다.

> 친구 집에서/금당화 모종을 얻어/대문 켠에 심어 놓고/기념으로 돌로 된 문패를 걸었지
>
> — 「금당화」 중에서

> 저녁노을 사이로/깡통을 돌릴 때/따닥따닥 관솔불은/한 발짝 한 발짝 무너져/길 잃은 철새들 이정표 되난가/달이 횃불을 돌리며/가래골로 시집간/누이 속눈썹을 생각하며/불을 지핀다/달을 지핀다
>
> — 「쌍암리·Ⅲ」 중에서

그는 돌을 좋아했다. 시의 군데군데 돌이 놓여있다. 그는 금낭화라는 시의 모종을 심어놓고, 시인이라는 불멸의 이름을 새긴 문패를 걸고 싶어 했다. 시의 횃불, 달의 횃불을 지피고 싶어 했다.

　　풀잎의 시인 강은교는 「최고의 연가」에서 시는 '빈 방에 꽂히는 햇빛'
이라고 했다. 이제 시인이라는 이름을 다시 새기는 이상달 시인은 우리
곁에서 새로운 그의 꽃 금당화를 피워내고 있다. 그의 시는 '저녁노을 사
이로' 그의 마음이 있는 시장과 새, 강, 돌, 꽃을 휘돌아 보름날이면 환한
'깡통을 돌리며', '길 잃은 철새들의 이정표가 되는' 그의 시를, 시의 불
을, 우리들 생각의 빈 방에 지필 것이다. 그런 그에게 가래골로 시집간
누이와 가족은 큰 버팀목이었고 그의 시를 믿고 그의 시인됨을 믿어주었
던 독자였으며 응원군이었다.

가족 이야기·1 - 부모형제

기성회비 못 내/질겅질겅 눈물 씹던/누나 우리 누나/미술 준비물 못
가져가/싸리나무 삽짝에서/훌쩍이던 막내 동생//질경이 새순 치마폭
에 감추어/좁쌀 반 나물 반으로/우리 육 남매 상머리에 앉히고/안도
의 숨을 쉬던 어머니

　　　　　　　　　　　　　　　　　　　- 「질경이」 중에서

가족 이야기·2 - 아내

그대는/삶에 찌들리고 가위 눌려도/쪼르르 일어나/대들보에 동그마
니 매달린/북어 한 마리 뽑아 파대궁 썰어

　　　　　　　　　　　　　　　- 「내 마음 돌이 되어·4」 중에서

가족 이야기·3 - 아내와 자식

지지배배 제비새끼마냥/세 살 박이 우리 장주/잘 먹고 잘 자고 까불어//알밤으로 똑똑 튀어났지/짹짹이는 참새가 되어/연신 입을 오물이는 공주/가만 조용 나부끼는 백설이 되었지/마누라는/가끔은 술 많이 먹는다고/시린 광채를 번뜩이지만

— 「자화상」 중에서

그의 시에서 그의 가족은 모두 아름답다. 부모님과 누이를 중심으로 그와 함께 했던 육남매, 그리고 시와 함께 시작되었던 그의 보금자리, 착하고 공부를 잘한다고 대견해 하던 아들과 딸, 그리고 그의 건강을 늘 걱정했던 아내 모두 그를 지탱해주던 사람들이다. 시인의 삶을 받아들이고 사랑했던 사람들이다. 그는 그분들에게 가족으로서 본분을 다하기 위해 노력했다. 시장으로 시의 채보를 가는 순간이나 막걸리를 기울이던 장소에서도 가족 걱정을 했다. 그의 자화상과 질경이에 등장하는 가족들을 보면 마음이 따뜻해지고 새로운 희망이 생긴다. 세 살짜리 아들이 지금은 대학생이 되었을 것이다. 그의 마음을 알고 잘 자라줄 것을 믿는다. 이상달 시인의 희망이다.

그는 가난했다. 가난과 상처의 힘으로 그는 시장으로 가 굳센 말봉댁이 부르는 노래를 채보했다. 이백 편은 족히 넘을 것으로 추정된다. 한 시대의 가난을 이상달 시인처럼 오래 그리고 지독하고 아름답게 잘 우려낸 시인도 드물 것이다.

'여보세요. 내 말 좀 들어보슈. 못 견뎌서 해보는 거외다. 가슴에 뭔가 이리도 넘쳐서 어찌할 도리 없을 때, 실컷 울고 싶을 때 그러한 처지에 놓였을 때 그것, 시라는 물건을 몇 줄 적어본다.'는 김규동(가슴에 뭔가 이

리도 넘쳐서)의 이야기가 생각났다. 그도 끝없이 노래하고 싶었을 것이다. 시인이라는 천형을 견디기 위해 그리고 그의 가슴에 사무쳐 넘쳐흐르는 시의 마음을 다스리기 위해 참 많이도 울었을 것이다.

이 시인이 살던 동시대의 사람으로서 가난했지만 아름다웠던 그의 상처를 읽으면서, 우리나라 역사에서 가장 아름다운 세대는 이 시인이 속했던 베이비붐 세대라는 생각을 한다. 전쟁 후의 쓰라린 가난과 배고픔을 배경으로 자라면서 호롱불과 전등불을 모두 경험 할 수 있었고, 산업화와 민주화 운동을 경험했으며, 올림픽, 월드컵의 함성에 동참하고 경제 강국의 나라에서 이제는 스마트 폰으로 한류 스타들의 동영상을 즐기는 축복 받은 세대가 되었다. 이 시인과 우리는 배고픔과 경제적 여유를 모두 경험한 세대로 지금의 아이돌보다 더 넓은 시의 밭을 가진 영원한 붐의 세대이다.

그는 시장을 노래한 성공한 시인이다. 나는 감히 시인의 삶에는 실패가 없음을 단언한다. 한 시대의 아름다운 가난을 채보한 「시장의 노래」하나로 그의 삶은 성공이다. 이 시인은 평생을 시장에서 살며 시장의 노래를 불렀다. 그 노래는 아팠지만 두꺼운 대학노트를 끼고 시장의 소리와 가난과 역사를 녹음했던 시인으로서 그의 삶은 행복했다. 누군가 다시 불러 일으켜 세워주길 기대해 본다. 그와 함께 포커를 치던 날 생각이 난다. 사실 그는 포커를 꽤 잘 치는 편이었다. 그가 그랬다. 잠시 대기! 그는 얼마 후 수백편의 시장의 노래를 다시 들고 다시 우리 앞에 설지도 모를 일이다. 시라는 포커 패를 그와 동시대에 받아든 나는 그의 '대기'라는 말을 오래도록 기다리고 있을 것이다. 언젠가 이루어질지 모르는 「시장의 노래」 단행본 출판도 기다려 보기로 한다.

그가 즐겨 쓰던 연작시 「새에게 보내는 편지」와 축을 같이하는 「날아라 새여」 동시 한 편을 천천히 읽어본다. 차마 읽기 힘든 마지막 한 행 '구천의 하늘에 오를 때까지' 는 그냥 덮어 둔다. 날아라, 시인이여! 삼가 고인의 명복을 빈다.

날아라 새여
구천의 구름 속에
용 초리 문신을 새겨 놓고
여위도록 노래 불러도
자신이 서글퍼지기거들랑
서서히 날아올라
흘러가는 바람을 지우려 말고
문신 속 빛깔이
구름의 물결 속에서
또 무슨 빛깔로 피는가
서두르지 마라
꼬리 아홉 달린 구미호는
아흔아홉 굽이 강을 건너
아흔아홉 개의 간을 먹어도
하나의 간으로 인해
인간의 그림자도 밟지 못하고
제풀에 제가 꺾여
제 잔을 되마시고 쓰러지는 것을
날아라 새여
씨알 하나로 잉태한 백일홍은

석 달 열흘을 발갛게 피어선

흥분하지도 늦추어지지도 않는

무상의 거울로

제 생명에 북을 주길 마치면

향기로 벌 나비에 제 몸을 팔다가

붉은 속 그 속에서 돌아눕는다

날아라 새여

구천의 하늘에 오를 때까지

－「날아라 새여」전문

이승진
경북 상주 출생
시집 『사랑 박물관』

尚州文學

尚州文學

특집 I. 상주문학 자선 소시집

주산지 외 9편

권형하

산도 깊으면
낮달 하나 낯 씻으러 오게
못물 하나 떠받드는 곳
산자락 걸어내려 오던
바람들이 물 속 깊이 들여다보다
집 한 채 지은 곳
산그늘도 몇 채 들여놓아
산새 울음들이 자라고
밤이면 먼 얘기해주던
별들이 마실을 건너와서
깨장단을 치듯
별가루를 뿌려대고
숨소리 덥게 들리던
떼 지은 소나무가 산마루로 마중 가서야
눈을 씻는 저 햇살들

우미골 詩篇

참 우습지
한 때 水石을 한다고
남한강으로 조령천으로
뛰어다녔는데
늦은 봄부터 늦가을까지 경주로 영천으로
영덕으로 낚시를 한다고 돌아다니다가
포항 우미골 골짜기로 들어와
웅크린 채 앉아 있는데
비바람에 잘 닳은 게 산이고 언덕으로 보이다가
산중턱에 머리 쳐든 돌이 사자로 보이다가
벗나무가 아가미 큰 붕어로 보이다가
길마중 나온 봄날 복사나무도 여자애였다가
처녀였다가 농익은 여자였다가
참 우습지
생각이 이렇게 달라지는
삼월의 우미골 봄날

이순(耳順)의 詩

언덕바지에서나 담장에서나
무더기로 자란 해바라기들
열댓 살 그 여자애들일까
또르르 마음이 타들어가던 돌덩이를
굴려보는 한 나절
잎도 꽃도 다 지운 게
빈 몸으로 서 있는 게
열매 맺지 못해
긴 밭길 전봇대로 머츰하다
문득 들길을 돌아 나오는
마른 소나무의 몸 부비는 바람소리로
지나온 날들을 바라볼
긴 그림자의 아린 눈빛
몇 번의 내 헛발질로
가 닿지 못하는 하늘은
누가 가 보려던 가슴들일까
시든 풀잎 알몸들이
응달진 곳으로 와서
웅크린 채 몇 뼘씩 건네는 말들은
들어보았다
아직은 몇몇이 모여
기울어진 가을 햇살로
온기를 나눌 수 있다고
긴 항해에서 돌아오는 듯
노를 젓던 사내들이
눈빛을 나눠들고 앉아서

지나간 것들과
다시 올 새로움을 위해
지붕 낮은 집 밤은
바람소리로 꿈도 엮는 것을

중요한 곳

산 속의 묘 터도 바람을 막아주고
시야가 탁 트인 곳이라던가
내가 근무하는 우미골 여학교는
산언덕바지에 다리 둘 가지런히
밑 다 보일 듯 말듯
떡 하니 걸친 형상이라
한 몇 해 족히 지낼 법도 하네
멀리 바다가 이마에 걸치고
뒤로는 청솔이 바람결 따라
어깨 치며 놀자는 그 곳
이제는 중요한 일만 만들 일
더 많이 웃고 더 많이 보고

감골

제비 입새 닮은 잎사귀들
그 파릇파릇한 것들
하늘 슬쩍 내려놓고 부채질 하는 것들
감꽃 하얗게 피면
왠지 눈물 날 것 같은
상주하늘
휑하니 빈 툇마루
등불 환하게
마을길로 밝혀들어
잊었던 소식들을
시렁마다 매다는 것들
기적소리 높이 날리던 먼 하늘로
기러기 몇 마리 날아올라
까치집 처마 끝마다 달아 올리고
너븐 들녘 경전으로 읽던 것들
이 밤은 산마루 넘던
하얀 눈들이 무릎 다 깨지도록
마당을 덮고 덮다가
순한 소처럼 앉아 있는 것들

저 단풍

잊고 산 사람들이
잊혀질까 싶어
얼굴마다 분칠하고
장터 나온 사람같이
만나는 사람마다
깨장단을 치듯
손 맞대고 웃다가
눈 껌벅거리며 씰룩대다가
눈 가뭇하게 뜨고
잃어버린 거라도 있는 듯
자꾸만 뒤돌아보며
누가 누구에게 물들어 버린 듯
누구 얘기에도 울음 배긴 듯
뒷모습으로 돌아선다

강물

몰래몰래 만나는 사람들
얼굴 가리고
마음길 따라 만나는 사람들
이제는 손이 허리에 걸치고
다리가 허물어지고
가슴도 삭아서
낮달에게나 던져주고는
저 물 끝 다 따라가면
돌부리에 채이는 생각도
다 잊어버리고
얼굴 익은 낮달은
어찌 하라고
마음이 멀리 멀리
떠밀리고 있다
생각을 산마루로 떠올리면서도
흘러가고 있다

바람에게

신의 은총이 없는 듯
만남은 쉽게 이루어지지 않았느니
이제 할 말은 나뭇가지에나 걸리고
바람의 옷자락 끝에 매달리며
몇 백 마디 말끝마다
되돌아오는 허공의 펄럭거리는 눈빛
둘둘둘 내 몸을 말아서
실처럼 감아내어서
날리고 날리다가
몇 가닥 올이 빠진
진정한 내 속 마음이
파랗게 물이 드는 하늘까지
날아오를 수 있다면
날아오르다가
새가 될 수 있다면
새 눈이 되어
새 입이 되어 꽁지 빠진 하늘 속이라도
날아갈 수 있다면
날아갈 수 있다면

노루길

시사 지내려 갈 적에
만난 노루 눈빛
풀 먹고 하늘 뱉은 것
바람소리로 귀 열린 것
물 마시고 구름 만든 것

눈망울 커다랗게
하늘 한 자락 씻어낸 것
내 가슴을 철렁 씻어낸 것

솔잎 파랗게 질리도록
그도 놀랐을까

내 가슴 가을로 옮겨가는 길

요래 가이고 조래 해봐

내 어릴 적 할매가
바늘에 실 꿰어 달랄 때

실 한 뜸
바늘구녕에
요래 가이고 조래 해 봐 라더니
어느새 내 입속 가득히
옹알쫑알 피어나는 말들

눈 가뭇한 아내가 바늘에 실 꿰어 달랄 때
입술 뭉텅 씹히는 尙州 말로
요래 가이고 조래 했더니

콧구녕 밥알 빼 먹는 소리로
'알 써 그래그래' 한다

권형하

1952년 상주 사벌 출생
사벌초등, 상주중, 상주고, 단국대 국문과 졸업
경북교육청 소속 국어교사로 32년 근무 명퇴함
녹조근정훈장 받음, 단국문학상, 경북문학상 받음
시집으로 『바다集』 등 간행

그리움의 흔적

— 권형하 시 최근작 10편을 읽고

정복태

　이미 3권의 시집 『새는 날면서도 노래한다』, 『바다집』, 『꿈꾸는 섬』 등을 상재한 중견 권형하 시인이 2014년의 겨울 《상주문학》 제26집에 10편의 신작시를 발표한다. 그의 세 시집에서 말하듯이 밥벌이를 찾아 문경, 상주, 강구, 포항, 울진 경주 등의 근무처를 옮겨 다녔다. 그리고 그는 지금 포항의 '우미골'에 살면서 아직도 시에 대한 목마름을 간구하면서 시를 통한 세상사의 옆얼굴을 시로 그려내고 있다.

　이번에 발표하는 10편의 시들은 이순을 넘은 시인이 포항 우미골에 살면서 —차라리 칩거라고 하면 될까— 젊은 시절의 수석 체험과 그가 즐겨하는 민물낚시, 그리고 계절이 가져다주는 변화에 민감한 반응을 하는 시인 특유의 날카로운 시선으로 언어의 마술사답게 참신한 날것의 생생한 이미지로 형상화하고 있다. 우미골은 이순을 넘긴 시인이 살고 있는 현실은 그대로 오늘 현재를 나타내주는 지표이다.

　시 「주산지에서」를 보면, '산자락 걸어내려 오던/바람들이 물 속 깊이 들여다보다/집 한 채 지은 곳'이라고 주산지를 구체화하면서, '별들이 마실을 건너와서/깨장단을 치듯/별가루를 뿌려대고'라고 자연과 더불어 살아가려는 시인의 속내로 형상화하고 있다.

시 「이순의 詩」에서는 해바라기를 지난 어린 시절의 열댓 살 그 여자들의 모습으로 환치하여, 지난 시절에 대한 아름다운 추억의 한 접시 기억으로 자아올리고 있다. 그러면서 '긴 항해에서 돌아오는듯/(중략)/다시 올 새로움을 위해/지붕 낮은 집 밤은/바람소리로 꿈도 엮는 것을' 이라고 아직도 이순이 넘은 시인은 미래의 희망을 넉넉하게 보여 주고 있다.

시 「우미골 시편」은 현재 권형하 시인이 살고 있는 곳을 배경으로 쓴 시인데, 그는 이 시에서 마지막 3행에서, '참 우습지/생각이 이렇게 달라지는/삼월의 봄날' 로 끝을 여미었는데, 나는 이 시에서 어떤 이순을 넘긴 시인의 삶에 대한 그 많은 추억의 흔적을 어쩌면 아련한 슬픔으로 반추하고 있다.

그리고 시 「중요한 곳」에서는 다시 '멀리 바다가 이마에 걸치고/뒤로는 청솔이 바람결 따라/어깨 치며 놀자는 그 곳' 으로 형상화하면서 무한한 애틋함을 나타내고 있다.

시 「감골」은 권형하 시인이 그의 시의 고향이 이곳 상주라는 사실을 여실히 드러나는데, 다음과 같이 고향의 정서를 보여 주고 있다. '감꽃 하얗게 피면/웬지 눈물 날 것 같은/상주 하늘' 그러면서 '이 밤은 산마루 넘던/하얀 눈들이 무릎 다 깨지도록/마당을 덮고 덮다가 순한 소처럼 앉아 있는 것들' 로 매듭을 짓고 있다. 누구나 잘 알다시피 상주란 우리의 고향은 우복동의 전설이 어린 곳이 아니던가. 그만큼 권형하 시인은 그의 시의 고향인 '상주' 를 시로 내면화 하면서, 고향에 대한 한없는 그리움과 사무치는 외로움으로 객지에 살 수밖에 없는 그 자신의 내면을 되새기면서 되돌아보고 있음을 뉘 알리요.

시 「강물」은 그리움으로 그의 가슴에서 잊힐 수 없는 고향의 낙동강을 가슴 한 모서리가 얼얼하게 추억하고 있다. 그런가 하면, 시 「바람에게」에서는 그 마지막 싯구에서 '날아갈 수 있다면/날아갈 수 있다면' 하는 영탄(詠嘆)의 회한으로 그의 마음속을 드러내 보여 주기도 한다.

시 「요래 가이고 조래 해봐」에서는 할매와 지금의 아내를 대비하는 아주 재미있는 시적 언어의 구사로, 할매의 말에는 옹알쫑알 피어나는 말들이 이제는 제 콧구녕 밥알 배 먹는 소리로 나타나는 세월감과 회한 속에서도 상주 고향에 대한 그리움의 정서를 잘 나타내고 있다.

권형하 시인의 시적 성취는 그의 시에서 나타나는 시어(詩語)와 시적 구사에서 아마 가장 그다운 시적 언어로 피어오르고 있다. 그 사실은 권형하 시인이 만들어진 시인이 아니라 천부의 시적 재능을 가지고 태어났다는 것으로 나는 생각한다. 이즈음처럼 말이 이상하게 구겨져 그것도 이상한 카톡 언어로 그 우리말이 추락하고 타락하는 때에, 그의 시어는 참으로 소중한 가치를 가졌다는 것을 우리들은 자랑해도 좋으리라. 부디 더욱 좋은 시로 한국 시단의 큰 별이 되길 빌어보는 것은 이 글을 쓰는 필자만의 개인적 바람과 소망만은 아닐 것이다.

尚州文學

尚州文學

시

너의 새

고인선

난 자유롭게 날아다니는
너의 새를 보고 싶었다

너에게 붙은 세상의 이름

그래,
들풀과 하늘 바람으로 엮은 새집
어린 새가 자라는 한 광주리 세상이
너의 그 맑은 눈망울을 키우며
저 산을 버티고 있는 기둥인 것을

철드는 것이 무엇인지를 알려주려고
산에서 들에서 철새가 자라고
때로 철새 어미는 돌아서서 눈물을 흘린다

오늘 난 들었단다

우리 교실에서 들리는
한 광주리 사랑의 이야기
들풀 소리 바람 소리 가득한
스무 평 새집에서 너의 새가 노래 하는 소리

고인선
상주문인협회 회원

북천의 밤 외 3편

김다솜

시냇물이 모래사막이 되었던 그곳
구절초 목화송이 뭉게뭉게 필 무렵

뜨거운 일광욕
견디지 못한 은빛 고기들
나신(裸身) 위로 굵은 눈물비 내렸다
마른 시내 바닥에 떠돌던 밤안개는
은비늘의 영혼인가

길섶에서 시냇가에서
코스모스와 해바라기 발돋움하며
가로등과 키재기 하는 북천의 풍경

해가 떠내려가던 곳에
달이 떠내려가고 있다

저수지의 아침

물안개 오르는 저수지 건너편
지팡이 짚고 산책 하시는 할머니
쑥을 뜯다가 뽕잎을 따는 아줌마
삽을 들고 논둑 고치러가는 농부

어디선가 닭들의 울음소리
거위와 까치, 산새들의 울음소리
덩달아 개 짖는 소리까지 들린다

복권 1등을 꿈꾸는 사내가
월척을 낚기 위해 찌를 바라보는
잔잔한 물결 위로 무리지은 붕어새끼들이 물방울을 내 보내며 간다
청포 숲에서는 어미 붕어들이 심심해서 장난을 하는지 산란을 하는지
아님 높이뛰기와 술래잡기를 하는지 첨벙, 첨벙하는 소리 들린다
하루살이가 하루살이에게 시비를 한다
수면 위로 새들이 날아가고 온다
찌에 앉는 저 물잠자리 날개

등 뒤로 경운기가 지나간다
트랙터 지나가고 오토바이 지나간다
쌀보리현미팥콩양파…… 삽니다

봉정암 가는 길

이 깔딱고개에서 나는

다시 돌아갈 수 없다

아침의 종소리

승차권 없이 사차원 세계를 다녀왔다

창에 비쳐오는 불빛은 생명의 에너지로 다가와

또, 어느 천상을 태우려고 떠오르는가

유리창 너머로 들리는 풀벌레들의 합창소리

눈꼬리 비비며 기지개 펴듯 일어서는 붉은 풀잎들

종소리 새소리 앞에서 무릎 꿇고 기도하니

어디선가 들리는 자비로운 그분의 목소리

누군가를 용서하기보다 나 자신을 사랑하라네

김다솜
한국문인협회상주지부 회원

가을 외 4편

김동수

지독한 독을 지녔다
한 번 물린 자는 멍하니 먼 산을 지고 사는
무서운 독을 품고 견뎌야 했다
가을이 큰 길을 지나가고 있었다
내려앉은 연기의 뒤로 숨던 고독이
그의 창자를 물고 있었다
살기 위해서 넘긴 밥알은
그대로 밥알로 남아 흘러내렸다

먼 산이 보고 싶던 달이
자시를 지나 바다로 가고 있었다
불어오는 바람에도 독이 있다고
혹은 지워야한다고
다들 수군거렸다
요즈음은 도시가 바람을 먹고
산다는 이야기도 들렸다
가을은 지독한 독을 지녔다
한번 물린 자는 또 다시 물리고 싶은
슬픈 독을 지녔다, 너도 그랬다

동지 터미널

할 수 있는 일은 아무것도 없었다
들려오는 발소리는 규칙처럼 정해진 구멍 속으로 빨려 들어갔다
시간이 되면
떠나갈 버스는 떠나갔고
들어올 버스는 들어 왔다
떠나간 버스에 돌아갈 사람도 있었고
들어올 버스에는 떠나온 사람도 있었다
동서울에서 출발한 바람은
여린 가지 하나 붙잡지 못하고
제 그림자만 흔들 뿐 어김없이 갈 길을 찾지 못했다
승차장과 하차장의 엮여진 녹색 의자에 엮여
그저 바라보는 일 외에는 할 수 있는 일은 아무것도 없었다
흔들린 바람의 그림자에서 눈이 나린다
사라져간 버스는 선명하게 다가오는데
흐린 표현 하나 찾지 못한 눈은
밤하늘에 흩어져 내리고
버스는 그것을 온 몸으로 견디고 있었다
왜일까
밖에 놓여진 자판기의 커피가 더 뜨거웠다
그 사람을 생각했다

눈은 내리는데

시뻘건 몸뚱이에 시퍼런 핏물이 들도록
내리치자
순간순간 끓어 오르는 욕망 하나하나 마다
둥근 자국이 남도록
한 번도 주인이 되어 보지 못한
서러운 마음을 위로하기 위해서라도
다시 한 번 내리치자
눈은 내리는데
잊혀진 어제가 그리워질 때
깃대에 묶인 노스탤지어가 소리칠 때
저 불붙은 화로 속으로 다시금 들어가
식은 몸을 하얗게 하얗게 달구어 내자
풀무질에 군더더기가
흘러내리면
태초의 자유를 얻기 위해 신에게
불붙은 내 몸뚱이를 하얗게 허락하자

생각 하나

신흥동사무소 앞
조촐한 정원 하나
잘 짜여진 하늘 아래 걸려 있다

달빛은 허락한 이곳에
라면은 예의가 아니라며
2년을 마주한 목련은
노오란 꽃을 피웠고
느티어미는 거미줄로 푸른 수의를
깁고 있었다

말을 잃어버리는 편이 좋았다
라면 하나를 끓여
두 그릇에 나누어 담더라도
침묵하는 편이 좋았다

꼬불꼬불 뜨거워진 말에
노오란 꽃잎은 흔들리기도 했고
거미줄에 걸리어 매듭짓기도 했다
그래 말을 잃어버리는 편이 좋았다

회룡포

고속도로로 가면 잠시인 화령 가는 길을
국도로 한나절 돌아서 간다.
어제부터 비가 내리고
북천은 흙탕물을 한 상을 차려놓는다.
먹고 가야겠다. 다 먹고 가야겠다.
가는 길
누군가 힘겹게 써 둔 낙서가 있다.
비를 맞으며 차근차근 읽어보는 낙서
오늘은 그대가 회령포다.
돌아서 가는 길은 모두 아름답다.
문초록 선생이 초록의 글을 쓰고
선배 선생님들이 버스를 기다리며
돌아서 가는 일을 배우던 낙서, 나는
잠시면 가는 길을 오래도록
돌아서 가야겠다.
내 삶의 한나절은 그대를 생각하며 돌아서 가야겠다.

김동수
한국문인협회상주지부 사무국장

분수 외 4편

김숙자

사르락 사르락
올라가면서
보라색, 녹색, 주황색빛
하트, 갈매기, 공작새 모양으로
변신하는

사르르 사르르
내려가면서
물안개 피우며
오색 양단 이불로
변신하는

높이 낮게 올라갔다가 내려갔다
부지런히 일하는 마술쟁이

아버지

아버지, 아버지
아무리 불러도 대답이 없네요
육 남매 버리고 저 멀리 떠났습니다
힘든 농사일 버리고
편안한 저 세상이 좋았습니까

아버지 손길이 미친 곶감은
엄동설한(嚴冬雪寒) 추위를 견디고
고운 속살을 보이고 있습니다

시(詩) 낭송하는 딸의 모습을 못 보실까봐
일하시던 삽, 손에 들고
흙 묻은 신발 신고
그대로 오셨지요

아버지,
곱게 한복 입고 시 낭송하는
딸의 모습을

지금도 멀리서 보고 계시겠지요

거북이 등처럼 거친 핏빛 손으로
퇴강*을 지키시면서
터줏대감으로
농사지어 베푸셨지요

칠백리 유유히 흐르는
퇴강의 꽃이시여
고이 잠드소서

*퇴강(退江): 상주시 사벌면 퇴강리 591번지. 이곳에서 태어나서 74세까지 육남매를
 키우고 농사일을 하면서 고향을 지키며 사셨던 아버지 김종도(金鍾度).

國學의 탄생

환한 미소 머금고
함성 따라 태어난 국학
한자 한자 주옥같은 문장들
엮어 나온 지 다섯 돌
먼 길 번거로운 일 마다하지 않고 달려가
찾고 뒤집고 찍고 편집하고 번역하고
단단한 반석 위에 굳건히 선 그대

넘어지길 수 십 번 오뚝이처럼 넘어지면
다시 일어나 용기를 내어 뛰었습니다
국학이 태어나기까지

가슬 松

고슴도치 기지개 피고 일어난 듯
푸른 떨기 뾰족이 하늘 받들어
연등처럼 동그랗게
볼록 튀어나온 연분홍 봉오리
하얀 햇살 가슴에 안고 피어난다

무슨 죄를 지었는지
고개 숙여 들지 못한 채
벌린 잎 다물 줄 모르고
눈물 흘리며
붉은 피 토해낸다

가슴 치며 내 탓이라고

시오이*

옷걸이, 장갑, 전화기, 우산,
생활용품들이
처마, 기둥, 선반, 빨랫줄
구석구석, 층층이, 주렁주렁

바퀴 없는 오토바이, 빵구 난 자전거
나란히
주인 손길 기다리는

주인이
닦고, 씻고, 고쳐서 팔아
삼남매 공부시키고 살아온 지 40여 년

주인이 없을 때는
어서 오십시오, 적힌 깔판이 손님맞이하고
가져가지 마세요. CCTV 작동 중, 간판이
그들을 지킨다

슬리퍼 1,000원, 솥뚜껑 2,000원,
전기밥솥 20,000원,
엿장수 마음대로 싸게 파는

알뜰함을 가르쳐주는 중고가게

*시오이: 시민오토바이 중고가게, 가게 간판 일부가 떨어져 나감

擎天島

낙동강 위에서
하늘 받드는 섬
정자에 노닐다 가는 새

코스모스 파헤치고 날아든 벌, 나비
솔 냄새 나는
그곳을 걷노라니
울컥, 엄마생각이

구부정한 허리, 절뚝 걸음으로
콩, 가지, 참기름, 떡,
봉지, 봉지 싸 주시는 엄마
생각나게 하는 섬

받드는 섬,

김숙자
한국문인협회상주지부 회원

내가 찾던 황금 외 2편

김연복

내가 찾던 황금은
한 장의 책갈피 속에 있었노라
하얗고 보드라운 공간에
까맣게 반짝이는 별들은
한 생애의
피와 고통의 대가로 충분하리
뭇 삶을 따라
뜻 없이 가야 할
이유가 없기에

The Gold I Sought

The gold I sought
Was in a single page;
The black glittering stars
On the soft white space
Are enough for my blood and pain
In a life's time;
For I have no reason
To follow the common;
To live to fade away.

신념

벗이여, 다정한 벗이여, 그대 말을 따를 수가 없구나
내 생각이 진실이라고 믿는 한,

만약 지상의 모든 인간이 그대 편을 든다면
내 편은 파랗게 빛나는 저 하늘의 별들이리

갑자기 별들마저 내게서 눈길을 거두면
내 편은 머리 위의 저 너그러운 달님이리

만일 달님마저 그 차가운 얼굴로 나를 외면한다면
내 편은 어둠, 그 어둠의 반사된 빛이리

A Belief

Friend, dear friend, I still don' t agree with you
For the truth I think I am right:

If all mankind is on your side
Then, mine are the stars twinkling at night.

Suddenly, if the stars lose sight of me,
Then, I still have the pitiful moon overhead.

If even the moon, with its cold face, deceives me,
Then, mine be the darkness' reflected light.

큰 별 하나

내 어린놈이 별을 헤고 있다
푸른 여름 밤 하늘의 크고 작은 별을,
제 할머니 품속에 안겨,
"저 작은 별은 내 별,
 그 옆에 있는 건 할머니 별,
 그런데, 저 큰 별은 누구 거예요?"

"그야 아빠별이지"
어머니는 그 놈을 어루만지시며
가만히 나를 가르키신다
"아빠별은 언제나 크고 환하지
 우리 집의 왕이시니까"

먼 옛날 고요하고 잔잔한 그 밤에
포근한 할머니 무릎에 누워서
나 또한 크고 작은 별을 헤고 있었지
"저 작은 별은 내 별,
 그 옆의 것은 할머니 별
 그런데 저 큰 별은 누구 거예요?"
"그야 아빠별이지
 아빠별은 언제나 크고 환하지
 우리 집의 왕이시니까"

이제 다시 그 별을 쳐다본다
옛날, 오래 전 그 옛날 한 때
아버님을 왕으로 만들었던,

시를 쓰고 있는 이 순간
나를 왕으로 만들고 있는,
그리고 먼 훗날 그의 시대가 오면
내 어린놈을 왕으로 만들 그 별을

A Big Star

Embraced at his grandma's breast
My little son is counting stars big and little
In the clear sky of a summer's night,
"That little star is mine
  and that beside it, for grandma,
  then, who is that big star for?"

"For daddy."
Says my mother, quietly pointing to me
with her hands soft on my child's head
"His is always big and bright,
  A king of this family."

I, myself, was counting stars, big and little,
In the night sky long ago
Nestled on my own grandma's knees
"That little star is mine
  and that beside it for grandma
  then, who is that big star for?"
"For daddy."
Said my grandma, quietly pointng
to my own father, now, deceased,
With her warm kisses on my hair;
"His is always big and bright,
  A king of this family..."

Again, I am looking at that big star
That once made my father a king
Now, gone with those days long ago.
That makes myself, now, a king
When these lines are being written;
And that will make my little son a king
When his time comes.

김연복

경북 상주 생, 중등학교 교장 역임(교직 43년 봉직)
명예인간학박사, 국제문인협회(IWA)
한국문인협회 외국문학(번역)분과 회장 역임
창작 영시집 『Lost Landscape(잃어버린 풍경)』외 6권
수상: 황조근정훈장, 미국 월트 휘트먼 시협상(1986),
경상북도 문화상 문학부문(2004), 월간문학 동리상 번역
부문(2004), 경상북도 문화상 문학분과(2004),
대구 펜 아카데미상(2005) 외 다수

항복 외 2편

김영숙

바람의 지지를 등에 업은 불꽃이
산등성이를 함락 시킬 것이라 수군거리는 소리 들려올 때 쯤
노년의 무거운 풍채 과시하며
눈 녹은 저수지 물을 능선으로 옮겨온 헬기의 두레박
폭포수 저격탄 되어 쏟아지는 동안
불꽃은 광기 잃어 가고
너덧 번 공격 세례 받은 나무들이
푸우푸우 입김 토해 내며
가쁜 토악질 해대고 있을 때
구부정히 아래쪽 살피는 헬기의 노후 된 관절에선
삐걱거리는 신음소리 들려오는 듯 했습니다
틈새 피어오르는 가느다란 연기마저 용납할 수 없는 듯
마지막 정리까지 마친 노후 된 헬기는
천천히 선회하며 오던 방향을 향해 뒤돌아서고 있었고
기세등등했던 폭군은 백기 들고 항복한 상태였습니다

구구 소한도 따라 하기

옛 선비가 하얀 문종이 위에
그렸다는 매화

동지 이튿날
여든 하나 밑그림 그려 놓고
하루 한 송이 붉은 칠 하다 보면
문풍지 너머 꿈결처럼
매화꽃 필까

지루하고 긴 겨울
도포 자락 선비님께
매화주 한잔 올리고 싶은
바람 세찬 겨울

당신과 나 여백에다
매화 한 송이씩 그려 가며
홍매화 필 그날 기다려도 될까

스승

매서운 겨울엔
목련나무에게 가자

〈심란한 겉치레는 절대 사절〉

가슴속에 그런 피켓 하나 펄럭이며
삶은 바닥이란
변명은 함구

숭숭
흉흉
바람 드는 겨울 날
북풍 맞서 꽃대 뽑는 나무
목련 아래 가 보자

김영숙
경북 상주 출생
《문학세계》로 등단

한 마디 외 4편

박두순

바람이 시끄럽게
숲을 흔든다

열매 하나가
땅에 내려앉으며
한소리 한다

그 소리가 기껏
톡, 한 마디다

유리

1600도 끓는 가마 속을
맨발로 다녀왔네

거기서!
티끌 먼지 얼룩 다 털고
투명한 피만 얻어 왔네

가장 뜨거운 데 다녀와서야
맑은 몸의 소유자 되었네

절

길의 끝자리에 산다
길이 더 가지 않는 곳에 산다
길을 열려는 몸부림으로
길의 끝에 산다
길의 깊은 몸부림 끝에
절이 산다

긴 슬픔

모가지가 길어서 슬픈 짐승이라고
노천명은 사슴을 지칭했지만
더 슬픈 짐승이 있다
기린,
사슴보다 모가지가 열 배는 더 길어
열 배는 더 슬플 거다
모가지가 길어서 얼굴이 하늘에 있으니
하늘에 있으되 하늘에 속하지 못하는
비애 때문에
그 비애를 기다란 네 다리가 치받으며
하늘로 오르거라 오르거라 떠밀고 있으니,
밥 먹을 때만 되면 번번이
얼굴이 땅으로 내려오니
긴 모가지가 한 그릇 밥에게 머리를 조아리니
긴 슬픔
어쩜 너의 슬픔이 나에게도 있다
나는 모가지가 짧은데도
짧으니 더 까닥거리며
밥이 어디 있나 자꾸 살피니
이건 아주 오래된 슬픔
모가지가 진정 짧아서 슬프구나

영토

다섯 살과 두 살
손자를 봐 주느라고
하루 종일 뒤를 따라다녔어도
해맑은 웃음 영토에 발들이지 못했다
해맑은 말의 영토에도 발들이지 못했다
뱅뱅 순수의 웃음과 말 둘레만 맴돌다가
끝내 그들 영토에 발들이지 못했다

박두순

1977년 《아동문학평론》《아동문예》동시 신인상 당선
1991년 시집 발간과 1998년 《자유문학》시 부문 신인상
당선
동시집 『사람 우산』 등 12권과 시집 『찬란한 스트레스를
가지고 싶다』 등 3권 출간
대한민국문학상, 소천아동문학상, 방정환문학상,
월간문학 동리상 등 수상
한국동시문학회 회장, 한국현대시인협회 부이사장 역임,
현재 국제펜클럽한국본부 부이사장

곶감집 막내딸* 외 4편

– 尙州·219

박찬선

광복절 아침 상주 곶감 집 막내딸을 만났습니다
경기도 광주시 위안부 할머니 쉼터 '나눔의 집' 마당에 있는
흉상으로 돌아온 굳은 얼굴의 할머니들 사이에 앉아계신
여든 다섯 되신 할머니를 만났습니다
후덕스러운 얼굴에 두 손을 맞잡은
할머니의 손가락과 팔뚝이 무척 굵어 보였습니다
분이 뽀얗게 나는 곶감처럼 한창 피어날 열네 살
고이 간직한 무지개의 꿈을 깡그리 앗아간
목화송이같이 뽀얀 가슴을 짓밟은 지가다비의 마수 앞에
찢겨진 무명치마가 어른거립니다
폭풍우와 뇌성벽력이 휘몰아치는 만주 땅 지린(吉林)
적막에 싸인 너른 들판과 숲속 바람소리가 무서웠습니다
짐승 보다 못한 사람들이 무서웠습니다.
해가 떠오르지 않는 동굴 같은 캄캄한 밤을
문이 굳게 잠겨있는 죄 없는 수인의 방을
삼신할머니도 천지신명도 벗겨주지 못했습니다
여자로 태어난 것이 몹시 한스러웠습니다
뉘우칠 줄 모르는, 거짓을 위장하는 인간은
인간의 탈을 쓴 악마입니다
보이지 않는 저주의 살은 꺾이지 않고 날아가
감춰진 양심의 벽을 뚫을 것입니다
꺼지지 않는 지글지글 끓는 불덩이의 한을 안고
짓누르는 천근 바위덩이를 안고 살아온 눈물의 나날
머리맡엔 잠들지 않는 여울물 소리가 납니다
거짓말로 더욱 뜨겁게 달아오른 여름

102

할머니의 흰 적삼에 시원한 바람이 들었으면 좋겠습니다
골 깊은 상처를 깨끗하게 지울 수 있도록
잠자리처럼 가볍게 날 수 있도록

*강일출(85) 할머니는 경북 상주의 '곶감집 막내딸'로 태어나 14세 때 중국 지린의 위
　안소로 끌려가 고초를 겪었다. 위안부 할머니들은 대부분 고인이 됐고, 강 할머니를
　비롯해 57명의 위안부 할머니만 생존해 있다.(2013. 8. 15. 조선일보 1면)

타작노래를 부른 이달희 어르신

‒ 尙州·227

참으로 송구합니다, 어르신
1989년 제30회 전국민속예술경연대회 이후
문안은커녕 망각의 시간 속에 지내왔으니
저의 불찰과 불미함을 탓합니다

어르신을 처음 뵌 것은
제가 상주초산민요에 푹 빠져있을 때였지요
심고 매고 거두는 영농의 전 과정을 계획 하고
모심기 노래는 연밥 따는 노래로
아시논매기 두벌논매기 노래는 초산마을 것으로 했는데
타작노래가 비어서 고민하던 중
공성에 계신 어르신께서 그 자리를 메워 주셨으니

공성에서 초산까지 오십 리 길을
허위허위 달려오셔서 타작노래를 불러주셨습니다
박진감 넘치게 온몸으로 시늉을 하며
그림 같은 초산동 나이 많은 동수나무 그늘에서
뜨겁게 달아오른 자갈밭에서 보낸
발바닥이 뜨거웠던 여름

도리깨타작 자리개타작
조아서 매치고 재껴서 두들기는 흥겨운 가락을
있는 힘 모아서 치고 내닫는
산더미같이 풍성한 타작마당에 솟구치는 격정의 음성
부끄러워 감춰진 육 손가락도
살며시 나와 춤 장단을 맞추는

　'에이 주야산이 또 들어간다, 에하, 에하
헌 단이 에하, 나가고 에하,
새 단이 에하, 또 들어온다 에하……'
어깨춤으로 부른 어르신의 타작노래는
상주민요와 함께 살아 있습니다
멈추지 않는 박동, 절정으로 치닫는 용솟음으로

상주민요와 양임술 어르신

– 尙州·231

어르신의 노래에는 산들도 너울너울 춤을 춥니다
낙서 골바람이 몰아치는 한겨울
잠자고 있는 가락을 찾아 나섰을 때
겨울 햇살이 소복이 쌓이는
낙양동 한옥에서 맞아주신 어르신
수틀 속 단정학(丹頂鶴)이 소나무에서 내려온 듯……
목이 아프고 숨이 차다고 하시면서도
줄줄이 엮어내신 구성진 우리 민요
개울물 흐르듯 초가에 빗물 뜯듯
흥겨우면서도 애절하고 유장하면서도 활달한
귀를 틔우는 득음(得音)의 경지
절로 어깨 들썩이게 하는 흥(興)
흰 바지저고리에 흰 수건 머리에 질끈 동여매고
옛 상주극장에서 공연 하신 사진도 보여주시고
시골로 다니시며 부르고 가르치셨다는 서보가
남장 앞 서보로 보 치러 가는 농부들 이야기도 해주신
한 평생 상주민요를 사랑하신 어르신
하늘에 사우 맞는 멋이란
억지로가 아니라 절로 우러나는 것임을
무르익어야 피어나는 것임을
격양가(擊壤歌) 울려 퍼지는 뜰 안
삶이 즐거운 가락임을 비로소 알듯 합니다

낙화담(落花潭)의 소나무
- 尙州·232

소나무를 만나러 갑니다.
소나무와 마주하고 있으면 숙연한 생각이 듭니다
낙화담 가운데에 당당한 모습으로
절사곡(節士谷)의 붉은 혼이 살아
푸르게 짙푸르게 번쩍이기 때문입니다
이 땅에 기나 긴 600년을 살면서
어두운 시대를 밝힌 빛이자
우리들이 기리는 표상이기 때문입니다
소나무를 보고 있으면
솔솔 들려주는 솔의 말씀에
사는 길이 환하게 틔어집니다
한평생 솔바람소리 내며 소나무로 살아가는
본심으로 살아 아름답게 나이 드는
해마다 달무리 같은 나이테 보태는 일
소나무 보다 아주 짧은 생을
어떻게 살아야 할지 배우게 됩니다
황사 일고 안팎이 어수선한 날에는
소나무를 만나러 갑니다
숨결 곧은 신의터재 너머 화동면 판곡리로
소나무를 만나러 갑니다

불두화

사람을 닮으려는 꽃

번뇌를 물리친 사람의
머리 위에 피는 꽃

박찬선

경북 상주 출생, 《현대시학》 추천(1976)
문협경북지회장, 펜클럽경북지역위원회장 역임
현 한국시인협회 기획위원, 한국문인협회 상벌위원,
현대불교문인협회 자문위원
대한민국향토문학상(2007), 이은상문학상(2013) 수상
시집 『돌담 쌓기』, 『尙州』 외

풍경(風磬) 외 4편

신동한

산 여울 물소리 물안개로 실어와
무수한 낮과 밤 기다림에 눈이 먼다

청정한 맹세 하나 바람곁에 걸어두고
수시로 가슴 치며 가만가만 울어보면

천만겁 업을 지어 쇠가슴에 담아두고
만등(卍燈)이 꺼진 산 혼자서 우는 아픔

겨울 연서(戀書)

밤사이 내린 눈이
먼 산경(山景)을 끌고 와서

청자빛 하늘 한쪽
반반하게 닦아 놓고

동백꽃 터지는 소리에
귀를 붕붕 먹게 한다

산무지개 밟는 그리움
올 이도 없는 기다림인데

물 머금은 까치 소리에
가슴 마냥 설레어

정갈한 냉수 한 사발로
시린 속을 가셔보다

당신에게 나는

이아침, 당신 모습 그리면
따끈한 차 한 잔 드리고픈 사람

아무 이유 없이 전화를 걸어
'난데……' 라는 목소리에도 가슴 무너지는 사람

당신과 함께라면 어디든지 좋아라고
망설임 없이 말하는 무모한 사람

말없이 길을 걷다가
나도 모르게 당신 어깨에 기대어
따스한 온기 함께 나누고픈 사람

문득, 당신 모습 떠올리면
그저 배시시 바보처럼 미소 머금는 사람

당신 가슴에 박힌 작은 가시 생각에
눈시울 붉혀 뜨겁게 기도해 줄 그런 사람

당신을 위해
오로지 당신 하나만을 위해……

황태의 꿈

그 누가 나를 보고 외로움에 잠겼다고
그 누가 얼핏 듣고 슬피운다 말하는가

눈보라 날을 세워 뼛속까지 후려쳐도
푸른 별 그리워서 하얀 속살 갈무리네

한사코 억센 이빨 흰 눈(雪) 물고 절규해도
하늘빛 머언 고향 아슴프레 어머니 품

꼿꼿한 의지 하나 시린 계절 밟고 서면
단아한 몸맵시로 기원하는 승천의 꿈

독도(獨島)

수천년 고운 자태 정물처럼 우러르면
피고 진 그리움을 안으로만 되새기다
먼 동녘 애증(愛憎)의 점(点) 뜨고 지는 너의 안부

부르면 손 닿을 듯 그리움에 불을 붙여
내 하늘 내 바다를 가슴으로 달래는가
가슴 속 대못 지우는 역사의 물결 소리

억만을 할퀴어도 꼿꼿한 너의 혼백(魂魄)
지치고 숨 막히는 한 잔의 찻물이 끓고
너 잠든 꿈길 밖에서 속앓이 할 수 있을까

신동한
실천문학 신인상, 옥로문학 신인상 수상
상주공성우체국장
시집 『새재에 내리는 눈』, 『아버지의 의자』

인동초 외 4편

윤종운

인동초처럼 살라고
그 향기 아시는지

나
그대처럼 살다
내 품속에
고이 잠든 이

사랑도 아픔도
내 품속에 있으니
나 행복하다

희망을 드릴까
욕망도 드릴까

가지고 싶은 마음
사랑뿐이네

우리 누님 언제 오시려나

꽃잎 타고 오시려나
개나리꽃 만발하고

양산 쓰고 도라지 꽃 입고 오시려나
봉숭아꽃 손톱에 물 들리고

단풍잎 물고 오시려나
처마 밑 곶감 달려 있고

하얀 눈 밟고 오시려나
동백꽃 누님같이 피어 있는데

누님아~
빈집이랑 글 하나 남겨 줘

밤새 쓰신 사경 누님 불사하고
달마 그림 그려 가족 건강 기원하신 엄마
누님 기다리네

편지 한 통

편지 써야 되는데 생각이 나지 않네
과거로 가는 편지, 미래로 거는 편지함
옥천 정지용 테마공원에서 보았네

지금 이야기가 먼 훗날 받아 본다면
얽히고설킨 세상, 득실 따지는 세상
뒤돌아보고 멋진 인생 꾸미겠지

욕심과 아집 마음에 갇혀 있고
배고픔 잊고 사는 나이도 아닌데
행복한 삶도 아닌 이 세상
천상병 시인처럼 잘 놀다 갔노라고

행복과 아름다움 모르고 사는 우리네
천년만년 산들 무슨 의미가 있겠소

다시 태어나 아름다움 볼 수만 있다면
늙어 가는 오늘 밤에 조용히 새겨 봅니다

남자의 사모곡

바람은 춤을 추고
구름은 이슬을 만들고

이슬은 소주가 되어주고
풀잎은 안주가 되어주네

취기에 친구 불러도 대답 없고
마누라 잔소리는 들리지 않고

낳은 자식은 손만 내밀고
허리 굽은 부모는 백발만 보이네

자식 도리 아비 노릇
남편 책임 힘들고

흐르는 세월 따라 이만큼 왔는데

저만큼 간 내 인생은 어디에 있는고~
그~저 한숨 소리에 소주 한 잔 걸치고
흰 머리 만지면서 주름진 얼굴 만지며
지금 죽어도 호상일세

나는 누굴까

나는
어디 서 와서
어디로 갈까

나는
어디쯤 왔고
얼마나 남았을까

나는
나를 모르고 사는
나는 누굴까

나는
거울 속 나를 보면서
여보세요 라고 불러본다

윤종운
한국문인협회상주지부 회원

집 외 2편

이미령

제비 부부 식당 처마에 공사 중이다

외등 세 개마다 짓이긴 흙으로 터 고르기 하더니
가운데 등에 기초를 세우고 온몸으로 노역 중이다

저걸 없애? 말어?
말을 하면서도 눈을 떼지 못한다

주둥이로 한 점 한 점 눈물겹게 쌓아올리는

집

한

채

배불뚝이 안 사장

소수민족 배불뚝이 안 사장
세상의 벽에 부딪혀 넘어지고 말았다

한번 살아보자고 배부르게 살아보자고
네 살배기 아들과 젊은 아내 손잡고
50만 인파에 섞여 씩씩하게 건너와

이른 아침부터
서툰 말투로도 허리 기역자로 굽혀 인사하고
땀범벅 얼굴에 둥근 웃음꽃 연방 피워내더니

세상의 길은
가고자 하는 쪽으로만 나있지 않아
시름은 깊고
잠긴 식당 문 앞 빈 의자만 종일 빈둥거린다

배불뚝이 안 사장 칠월 폭염 속으로 떠났다
네 살 배기 아들과 젊은 아내 손잡고
백팔 배 올리던 용흥사 염주 손목에 낀 채

풀어내다

어느 바다에서 노닐던 멸치인가

대가리 큰 멸치 두 움큼 좋게 넣고
다시마, 무, 대파, 양파, 둥둥 조각배 띄운다

솥 안에서 태풍이 불고 큰 파도가 덮친다
그들은 서로 얼싸안고 위기를 견디는 듯하다

스스로를 버리고 하나로 어우러진 육수에 된장을 풀고
두부아저씨의 오래된 한숨과
노총각 황씨 호박꽃에 스민 그리움 몇 토막 넣는다

청양고추 같은 남편 잔소리도 똑똑 썰고
손전화에 뜬 딸내미 웃음소리 양념으로 듬뿍 넣으면

풋나물 맛나게 비벼먹는 얼큰한 된장찌개

이미령
경북 상주 출생
시집 『문』

아내·1 외 4편
– 왕이 된 옹기

이승진

할머니 두고 가신 빈 옹기가
우두커니 하늘을 보고 있다

어느 날 빈 옹기 안에 빈이 들어왔다
빈이 외로운 옹기를 가득 채웠다

빈둥빈둥 서 있는 저 생각의 기둥
그 안에 아내가 있다

내 안에 아내가 있다
내 안에 오래된 그대가 가득 들어있다

엄마붓다

읍내 지리도 잘 모르는 엄마가 어쩌다 병원 중환자실로 가출을 했다. 면회 시간, 문을 열고 들어가는데 엄마는 아들에게 관심이 없다. 얼굴이 붓고 표정도 없다. 중궁암 부처님을 닮으셨다. 나는 누구냐며 다정하게 물어도 '몰라' 큰 아들 어디 갔냐며 큰 아들이 물어도 '몰라 ……. 이 세상의 모든 경전을 엄마는 '몰라' 두 글자로 줄이고 중환자실 복판에 자리 잡은 환자 중이다. 입동 지난 하늘의 얼굴이 자꾸 붓는다. 주차장 계단을 돌아내려오며 우리 엄마 붓다! 우리 엄마 붓다! 혼자 중얼거리는데 묵언수행 중인 눈이 내리기 시작한다.

우지마라

우지마라, 세수하러 왔다가 물만 먹고 간 토끼가
어디 하나 둘이었겠느냐

이 푸른 옹달샘, 세수하러 왔다가 그냥 가는 일이
어디 하루 이틀이었겠느냐, 우지마라

그대 사는 마을에 일없는 해가
눈비비고 일어나는 새벽

세수하러 왔다가 물만 먹고 가는 가을
어제는 눈물이 큰 강 하나를 이루었다

물만 먹겠다며 떠나는 가을의 등이 시리다
우지마라, 어깨를 들썩이는 옹달샘은 울지 않는다

그대에게 가는 길, 헤진 슈퍼에는 물 한 병 팔지 않고
나는 자꾸 목이 마르다

출근 고민

어라, 어떤 놈이 내 차를 동네 벚나무에
쾅쾅 묶어놓았다
막무가내 시동을 걸고 가려니
밤새 줄을 묶던 그 놈의 정성이 아프고
휘청거릴 벚나무도 걱정이다

거미야! 거미야!
출근이냐, 결근이냐
이것이 문제로다, 내게도 한때
거미줄로 묶어둔 사랑이 있었단다

전원코드를 낙엽에

어린 시절 낙엽을 태워 밥을 짓던 선우스님
가을에 외로움 섞는 잡곡밥이 생각나
중궁암 해우소 앞에 전기밥솥 하나 두셨다
비울 때 채웠던 일 생각하라며
채울 때 비우는 일 꼭 챙기라며
밥 짓는 일 이골이 난 밥솥 데려와
뚜껑 닫은 가부좌로 밥을 짓는다

오래된 밥솥님은 말씀이 별로 없으시다
내리는 눈비 맞으며
헤진 물통 물을 기르며
오늘도 낙엽의 가슴에 전원을 연결한다
떨어진 것들의 힘이 밥이 될 수 있을까?
혹, 뚜껑을 열면 나비가 날아오를까?

산그늘이 마을로 마을로 내려가고 있었다

이승진
경북 상주 출생
시집 『사랑 박물관』

낙엽 외 1편

이은정

바람 부는 거리
하얗게 시린 햇살 아래로
생명보다 더 큰 의미로
낙엽이 진다

내 이마에 이별보다 시린 입맞춤을 한다
차라리 6월의 장미보다 강렬하다
나는 이 차가운 달콤함이 그리웠다

완행열차처럼 덜컥거리는 나날들
내가 적어놓은 일상도 흐르기를 거부할 때
밀어낼 수 없는 밀물로 다가와
나의 자각을 뒤흔드는
그 낙엽 뒹구는 소리가 그리웠다

일상의 몰입에서
나를 일으켜 세우는 그 산만함
때로는 상실을 부추기며
나의 집착을 꾸짖는 그 서릿발
바로 지금이
퇴색해가는 나의 존재를 구제할 순간이라고 재촉한다

삶이란
생존하는 시간이 아니라
남겨둘 보람을 만들어가는 여정이라고
낙엽은 그렇게 속삭인다

바람이 잠든 밤거리
하얗게 어두워 가는 별처럼
생명보다 더 큰 무게로
낙엽이
진다

가을의 약속

오만한 태양이 시기심 가득한 하늘에서
우리를 내려다 본 후로 너무나 많은 시간이 흘렀다
그 사이
우리가 흘렸던 눈물로 계단을 쌓을 수 있다면
우리가 남겨온 추억으로 길을 열 수 있다면
우리는 가히 천국에 이르리

남겨둔 작별의 말도 없이
작별의 인사를 나눌 짬도 없이
어느새 서풍이 가을 들녘에 불어오고
우리는 쓴 웃음과 공허한 눈물로
애달피 간직해온 나날과
이별한다

그러나 가을은
태양이 대지로 내려와 황금으로 일렁이는 시간!
하늘은 잠시라도 바라볼 수 있기를 바라며
그의 사랑을 데려온다
못 다 핀 꽃이 피고
한 톨의 열매라도 더 영글기 위해
가을의 대지는 분주하다

가벼운 약속은 하지 않으리
우리의 남은 날에 약속하니
내 마음에 굳고 정한 기둥 하나를 세우리라
불안한 눈망울에 힘겨운 영혼이 내비칠 때에도

내 마음 가누어 그대와 함께 하리라

오늘만 생각하던 어리석음이
회한이 되어 홍수처럼 차오를 때
그때 마주 설 오늘과 나를 위하여
내 마음에 굳고 정한 기둥 하나를 세우리라

이은정

초등학교 교사로 25년째 근무
현 상주중앙초등학교 수석교사

달맞이 꽃 외 4편

홍소 이창한

달빛 끌어안고
밤새 방황하더니
달맞이 간다고
가슴 조리더니
노랗게 삭은 가슴
칼끝처럼 겨눈
하현달 아래
제 그림자 흔들며
지천으로 피어
어디로 가는지
향기도 잊은 채
바람에 밀린 달은
흔들리며
노오랗게 꽃만
피워대고

배회

창 밖에 어렴풋이
그림자로 지나치는
당신은 그냥
여백으로만 남지요

당신의
오색 무지개 여린 꿈
어두워져도
가만히 만져지는
착각

오늘은 닫혀진
그리움 창문지나
꽃진 그 자리
자꾸 꽃잎 타는 냄새가

악수

닦아도 흐려지는 거울을 본다
당신과 나 사이에 분명한 것 같지만
돌아서면 흐릿한 기억
직선과 수직에 강요당했던 지난날
비로소 평면에 놓여 있는 우리를 본다

둘 사이에 명확한 것 같아도
그렇지 못한 혼란스러움에 빠져
다원적 사고의 논리가 겹쳐진 구조에 갇힌다
서로의 자아를 상실한 시대에 살고 있기 때문일까

나도 당신도 모르는
모호한 관계성을 지울 수가 없어
혼돈의 침묵 속에서 손놓고
기다려야 알 수 있을까

저녁

저녁이 길게 혀 내밀고
어두움의 맛을 보고 있다
갈라진 하늘과 산기슭 사이로
허기진 소리 스며들어
지친 표정으로
아무 일 없다는 듯이
문 닫고 드러눕는 하루
서둘러 돌아가는
모퉁이길
바람냄새 옷자락에
감겨 서늘하다

정거장

살면서
모였다 헤어지는
인생의 무동력 열차는
가끔씩
가고 싶지 않는 곳으로
궤도를 벗어나지만
두어라
머물다 떠나가는 게 인생 아닌가
벗어난 것만이 되돌아올 수 있다고
이수명 시인이
행선지에 조그맣게 이렇게 써놓았다
'시가 없으면 언어는
곧바로 죽음이다'

정거장에서
길을 잃어버렸다

이창한
경북 상주 출생
《문예사조》로 등단

새벽달 외 4편

장원달

가을바람이 분다
초생달 아래 별빛이 그리워진다
하늘에 달빛이 흐르고
바람이 시원하다

달빛이 빛나고 있다
추석달이 가까워진다
저 달이 점점 켜져 둥근달이 되겠지?
나의 연약한 육신도 점점 건강함으로
채워지겠지?

희망을 본다

상주 아리랑을 한 소절
흥얼거려 본다
이 새벽에
새벽달을 보며……

부활의 빛을 품은 찬란한 어둠

부활의 빛을 품은 찬란한 어둠 속에서
하나님 살게 해 주셔서 감사합니다
힘든 중에도 미소가 예쁜 임
정성을 다하는 예쁜 마음이 감사합니다
생각 할수록 하나님의 은혜에 감사합니다
이 세상 모든 것에 감사한 마음 주시니
감사합니다
이런 고백을 할 수 있도록 도와주심도
감사합니다
부활의 빛을 보고 어둠의 터널을 빠져 나아감도
감사합니다
오늘을 잘 보냄도 감사드리며
찬란한 내일을 맞게 해주실 것에
감사합니다
하나님 아버지는
나의 주인이십니다

도서관에서

책을 10권 빌리고
빌려온 책을
오전에 다 읽었습니다
사랑하는 임이 올 때가 되었습니다

지난주 3년 만에
서울 요양원에 계신
장모님을 찾아뵙고 감사해서
농협에서 3만 원 찾아
감사헌금 합니다

오전에 성모병원 영안실에
나보다 한 살 더 많으신
고 박원진 집사님
천국 가신 모습을 뵙니다
아주 편한 모습으로
하늘나라 가신 그 분을
닮고 싶습니다

102살까지 사신
우리 어머니 권사님이
그리워집니다

나의 주례 목사님 하늘나라 가시고

1995. 11. 5. 일
상주 시민교회에서
나의 결혼식에 목사님이 주례 서시고
사모님이 축가로
하나님의 축복 속에
결혼하게 됨을
목사님 내외분께
감사드립니다

어느 날
목사님
대구 효목교회 담임목사로
가시더니
천국에서 목회 하시려는지
우리 곁을 떠나
하나님 품에 안기던 날
나의 마음 울음으로 가득했네

이 가을
목사님 생각으로
마음이 멍멍해 옵니다
하나님 아버지
남은 가족들을 축복하고
도와주옵소서

지리산 사람들

지리산 사람들
참으로 그립습니다
내 마음속의 지리산
그들의 사랑을 그려봅니다

하나님이 좋아하는 산
경상남도와 전라북도에
차지한 지리산

산속의 폭포수 들려오고
젊은이들이 좋아하는
지리산이 그립습니다

장원달
경북 상주 출생
시집 『사랑은 꽃수레를 타고』, 『서로를 위하여』,
『어머니』 등

책 외 4편

조재학

책 한 권 들고 지하철을 탄다
긴 의자에 사람들이 줄줄이 앉아있다
폰을 들여다보던 다운펌 머리가 안면 근육을 움직이며 웃는다
전철은 지하를 관통하고 있다
나는 쇠기둥에 기대어 69페이지를 펼친다
69페이지는 찾아도 없고
97페이지에서 복숭아 향내가 난다
108페이지에서 문 곁에 앉은 두 사람이 일어선다
109페이지에서 핫팬츠를 입은 젊은 여자가 앉는다
긴 바지를 입은 나도 앉는다
가방을 든 사람들이 내리고
110페이지에서 어린 것의 손을 잡은 부부가 들어온다
113페이지에서 다시 복숭아 향내가 난다 눈꺼풀이 무겁다
몸이 흔들리고 중년남자의 어깨에 머리가 닿고
놀라서 눈을 뜨고
113페이지가 없다
117페이지에서 잠바가 내 옆에 와서 앉는다
먹골역 지나 공릉역 지나 하계역 지나 도원역에서
문득, 잠바는 없고 129페이지가 휘리릭 날아간다

장생의 숲

나는 꿈에 본 그 나무를 찾아다녔습니다
숲과 수 백 년 몸 섞고 있는 한 나무가 자꾸 나를 불렀습니다
나는 귀를 모으고 소리 쪽을 따라갔습니다
바람에 부딪혀 소리의 갈피들이 푸드득 거렸습니다
내가 소리의 갈피들을 헤는 동안
아이는 제 길을 따라 가버렸습니다
숲에는 이따금 노루 같은 것이 지나가고 까마귀가 날고
고목인 그 산 벚나무는 고목인 고로쇠나무의 몸속으로
제 몸을 밀어 넣고 있었습니다
나무 그림자들이 바닥에 검은 무늬를 드리웁니다
수 백 년 이어지는 그들의 몸의 진동이
내 속으로 전해옵니다 나도 나무처럼 흔들립니다
어쩌면 나는 이 숲에서 영영 나가지 못할 것입니다
저들의 체온이 내 몸에서 다 빠져 나갈 때까지
나는 이 숲에 갇혀 있을 것입니다
그리하여 나는 나무처럼 흔들립니다

계단에 오르다

오늘은 흰 드레스의 날
검은 양복1 옆에 선 흰 드레스가 연신 웃는다
웃는 흰 드레스의 팔을 끼고 행진하는 검은 양복1
흰 카펫 깔린 길에서 마주 오는 검은 양복2에게 흰 드레스를 건네주고
검은 양복1과 검은 양복2가 잠깐 포옹을 하고
검은 양복1이 돌아서 간다
흰 드레스가 검은 양복2의 팔을 끼고 걸어서 계단에 올라서고
검은 양복3이 주례사를 하는 동안 흰 드레스는 여전히 웃고
검은 옷의 도우미는 흰 드레스의 뒷자락을 정리하고
예식장 천정에는 가짜 별들이 총총총 반짝이고
의자에는 오색 옷을 입은 사람들 앉아 있다
검은 양복2는 흰 드레스에게 반지를 끼우고
검은 양복4가 축시를 읽고
검은 양복5가 축가를 부른다
검은 양복2는 흰 드레스에게 무릎 꿇어 꽃을 바치고
오색의 풀꽃 같은 손들이 짝짝짝 박수를 치고

천정에서는
색종이가
검은 양복2와 흰 드레스 위에 무작위로 쏟아지고

하하, 경인미술관이 축축하다

진흙 아낙들이 쪼그려 앉았네

저 아낙들 밭 매다가 치마 걷어 부치고 뭐 하나
얼굴이 둥근 젊은 아지매 저고리 섶 아래 퉁퉁 불은 젖 다 나왔네
한 아낙은 누면서 무슨 생각을 하는지 턱을 괴고서 하늘 바라보고
허벅지가 퉁퉁한 세 여자 서로 쳐다보고 웬 얘길 저리 할꼬 다리도
안 아플까
다문 입술로 힘주고 있는 자세도 좀 봐

고개를 뒤로 돌린 아낙이 몸빼를 올리다 말고 섰네
엉거주춤한 엉덩이가 달덩이네
요강에 앉은 아지매 펑퍼짐한 뒤태하며
저쪽 아지매는 다 누었는가 손이 뒤로 가 있어

머리 땋은 이 처자는 옷을 홀딱 벗고 쪼그려 앉았구만
냇물에서 멱 감다 나왔는감
쪽진 아지매는 바위에서 쏟아내는데
지나가던 어린 뱀이 맞고 입을 쩍 벌리고

쪼그리고 앉은 아낙들 사이에
이마가 머리 뒤까지 간 주변머리 사내 누군고
작가네 그려 이마 훤한 반신상이 벙그레 웃고 있네

겨울밤

식탁에 앉아 눈 내리는 소리를 듣네
다리 사이로 적막이 스며드는 듯
시린 무릎을 비비네
일어나 주전자를 가스 불에 올리네

메밀꽃잎을 찢어 실에 달린 차를 잔에 넣네
뜨거운 물에서 메밀은 제 빛깔을 말없이 우려내네
나는 후후 불며 찻물을 마시네
식탁에는 푸른 상표를 두른 생수 병이 물기둥처럼 서있고
붉은 물뿌리개는 흰 수염의 주둥이를 내밀고
차반에는 감귤이 노랗게 서로의 몸을 붙이고 있네
두루마리 휴지는 제 뚫린 가슴의 허공을 드러내고 있네
스마트폰이 저문 휘파람을 불어주네

어느 영화에서 본
눈 내리는 밤 창가의 그 해바라기를 생각하네
물끄러미 그대를 생각하네
펜 끝에서 흔들리는 식탁이 병을 흔들고 물을 흔드는 시간
메밀찻물 같은 불빛으로 형광등이 가만 내려다보고 있네

조재학
경남 마산 출생
1998년 《시대문학》으로 등단
시집 『굴참나무의 사랑 이야기』, 『강 저 너머』 등

尚州文學

尚州文學

동시

김재수
박정우

애니팡 외 6편

김재수

스마트 폰을
살짝 열면
까만 화면에서
토끼 한 마리
두 귀 살래살래 흔들며
인사를 한다

새앙 쥐, 꿀꿀이, 바둑이,
야옹이, 원숭이

마흔 아홉 칸 가득
얼굴을 내밀고
웃고 있다

누가누가 예쁘게 웃나
내기하는 것처럼
^*^, ^*^, ^^~, ^^ . .

화가 나다가도
바라보면

나도 모르게 씩
웃음이 나온다

얼른 마주보고
눈을 맞췄다
^&^

삐딱이

네 앞에 서면 이상해
왜 네가 삐딱하게 보이는지

아무리 눈을 바로 뜨고 봐도
네 모습이 바로 보이지 않아

너는 오히려
내가 삐딱하게 보인다고 하잖아

네 뒤에 산과
네 곁에 선 나무
너처럼 삐딱하게 보인다

너를 만나면
헷갈려

네가 삐딱한지
내가 삐딱한지

면도

비누칠 한 아버지 얼굴에
부드러운 거품이 인다

한 번 스쳐 가는 면도 날 뒤로
산뜻하게 길이 난다

까칠하던 수염이
길을 따라 사라지고
만지면 보들보들한 맨살의 턱

볼을 비벼도
따갑지 않아

오!
때로 바늘처럼 까칠하게 돋은
아버지의 잔소리

부드러운 비누거품 사이로
길을 내고 싶다

스마트폰

– 공부해라
엄마

– 숙제 좀 해라
아빠

책상 앞에
앉긴 앉았는데

주머니 속에서 자꾸
꼼지락거리는 스마트폰

검지 손가락으로
살짝 누르자

띠리리–
내 몸을 흔드는 진동소리

자꾸만 나를
부르고 있다

자벌레

나뭇가지 재던 자벌레가
땅에 내려 왔다

온몸으로
지구를 재고 있더니

'어라,
지구 온도가 자꾸 높아지고 있네'

소나기

목이 마르던 실개울이
비에 젖는다

말을 잃었던 것들이
입을 열고 있다

모래알은 소곤소곤
작은 속삭임으로

자갈들은 종알종알
수다스런 목소리로

징검다리 돌들은
물살 거스르며
지르는 환호성

잠잠하던 실개울이
목청을 돋우어

어우러져 합창을
부르고 있다

개미

제 몸보다 더 큰 먹이를
입에 물고 끌고 간다

치과에서
앞니를 두 개나 뽑고 온
내 눈앞에

가방 하나 메고
신주머니 하나 들고서
쩔쩔 매는 내 눈앞에

보이지도 않는
개미의 이빨

점찍은 듯 가는
개미허리

김재수
경북 상주 출생
《소년》 동시 추천 완료
동시집 『낙서가 있는 골목』, 『농부와 풀꽃』
동화집 『사랑이 꽃피는 언덕』, 『하느님의 나들이』
산문집 『트임과 터짐』 등

벚꽃터널 외 4편

박정우

살금살금 놀러 온 도톰한 봄햇살
알록달록 꽃무지개 길을 열었다

엄마의 품속 같고
아가의 웃음 같고

4월을 밝히는 눈부신 새아씨
북천* 방죽길 꽃잔치 연다

*북천: 상주시내의 북쪽으로 흐르는 냇가

가족 온천탕

"앗 뜨거워!"
"등 내밀어요."
"와 이리 때가 많노?"
옥신각신 엄마 아빠 말다툼
쏴쏴쏴 싸움 말리는 온천물

남매들은 어리지만
첨벙첨벙 물장난
하하 호호 깔깔
탕 안이 왁자지껄

살결은 보들보들
머릿결은 찰랑찰랑
기분은 하늘로 두둥실
몸 깨끗, 마음 짱

내후년엔 못 와도
우리 가족 벌거숭이
하나가 되네

엄마는 잔소리꾼

"홍인애, 95점!"
"야호! 룰루랄라!"
"학교에 다녀왔습니다."
"와르르르!"
활짝 현관문을 열었다

"100점 맞았나?"
"아이다, 두 개 틀랬다."
"와 틀랬노?"
"실수했뿟다."
"실수는 안 된다고 늘 말했잖아!"

"또, 컴퓨터 하냐?"
"또, 텔레비전 보냐?"
"또, 공부 안 하냐?"
아침에도 또, 또, 또
저녁에도 또, 또, 또

잘해도 잔소리
못해도 잔소리
가끔은 칭찬도 받고 싶은데
내가 하는 일에 잔소리만 하는
엄마는 잔소리꾼

바위 같은 사람
- 故 박정구 님의 2주기에 부쳐

비가 오나 눈이 내리나
사십여 년을 코흘리개들과 노닥거리다
훌훌 학교를 벗어놓고
풋풋한 세상을 뒤로하며
거동* 동네 크나큰 느티나무 같이
뒷동산의 큰 바위처럼 묵묵히 살아왔다

상주아동문학회가 한창 무르익었던 시절
막걸리 사발에 흥겨운 월례회는
『'박정' 하면 '우구' 가……』
성과 이름 한 글자가 나와 같아
회가 속에 가사로 넣어
밤이 이슥토록 불렀던 시절이 있었다

먹감나무 우듬지에
겨울이 열릴 때 떠난 사람
그 님의 모습을 만나고 싶을 땐
굳어버린 제 마음 사알짝 열고
하늘을 바라봅니다
바위와 마주합니다

흰 눈이 헹군 한겨울이 지나고
당신의 무덤에도 새봄이 오면
갑장산* 긴 골짜기 뻑 뻐꾹 뻐꾹
이름 석 자 위로 차지게도 울겠네요
눈을 감아도 눈을 떠도

바위 같은 사람

*거동: 상주시 거동1길(동네 이름), 故 박정구 시인님의 고향 마을
*갑장산: 상주의 진산, 거동 마을 옆 산이며 님의 무덤이 있는 곳

강물의 노래

파아란 강물이
푸르른 하늘 향해
목청껏 노래를 부른다

처얼썩 척척, 우르르 콸콸
싱그러운 햇살 가슴 가득 안고
하늘의 새들 신나게 날도록

마알간 강물이
누우런 들판 향해
까르르 노래를 부른다

스르르 슥슥, 쏴쏴 삭삭
반짝이는 쪽빛 물살 잔뜩 머금고
논밭의 곡식들 단단히 여물도록

박정우
아동문예 문학상을 수상하면서 등단
한국문인협회, 한국아동문예작가회, 오늘의 동시문학,
한국아동문학인협회 회원
현재 상주시 상영초등학교 교장 재직,
한국문협상주지부장

尚州文學

수필

그해 겨울, 어머니의 눈물

김철희

벌써 올해 들어 세 번째 내리는 눈이다. 1월 하고도 중순을 넘어서고 있는 이맘때는 으레 찬 겨울바람이 살갗을 갈라놓거나 옷을 덧껴입도록 한겨울의 냉기를 더하는 정도에 그쳤지만, 올해 겨울을 그 어느 겨울보다도 유독 추위가 심했다.

눈은 그냥 눈이 아니었다. 바람에 흩날리는 정도의 눈발이 아니라, 목화솜같이 하얀 덩어리가 펑펑 쏟아져 내리는 모양이 마치 시베리아에 내리는 눈발 같았다. 특히, 이곳은 경북에서도 북부지방에 가까운 곳이지만 서부지역에 조금 더 치우쳐 있어 이맘때 내리는 적설량은 그리 많지 않았다.

부자 되겠구나.

이사를 하던 그 주에 눈이 내리는 모습을 보고 어머니가 이렇게 말했다. 11월말에 눈이 내린 적이 있었던가 싶을 정도로 눈이 거의 내리지 않는 날임에도 이 날은 첫 눈답게 예쁘게 눈이 내렸다. 어머니 집은 동문동 주민센터 뒤편 새로 난 소방도로를 끼고 있는 한적한 골목이다. 최근에 건축한 4층짜리 연립주택이 왼편으로 빈틈없이 자리 잡은 곳이지만, 오른편으로는 단층의 단독주택들이 30여 채가 양지바르게 자리해 있다. 시내 번화가에서 불과 얼마 멀지 않은 곳에 위치한 이곳은 분명 시내 주택가지만, 철길을 갓 벗어난 지점에 입지해 있는 덕에 조금은 시세가 떨어진 곳이다. 새롭게 지은 양옥집이 땀땀이 박혀있고, 대부분의 주택들은 지붕을 새롭게 수리한 아담한 옛 집들이다.

　어머니의 집은 기와집이다, 검은 시멘트기와. 오랫동안 색칠을 하지 않아 세월의 더께가 묵직하게 내려앉은 검은색 기와는 낮게 가라앉아보일만치 무게감을 갖고서야 비로소 제 얼굴을 찾은 듯 광택을 냈다.

　나는 매일 이곳을 들른다. 사십을 훌쩍 넘긴 1남1녀를 둔 아들은 집안의 장남으로 어머니를 모시고 산지도 꽤나 오래 되었다. 일흔다섯 살의 노모는 염색을 하지 않으면 희끗한 새치가 보기 싫게 도드라져 보여 보기에 싫었다. 그래선지는 몰라도 어머니는 틈만 나면 염색을 혼자서 하곤 했다. 가끔 누이들이 찾아오면 그들의 수고스러움을 기꺼이 받아가면서 하얀 머릿결을 검게 만들었다.

　이사를 오기까지 어머니의 도움이 컸다는 것은 부인할 수 없는 노릇이다. 사업가도 아닌 알량한 월급만으로 마당 넓은 집을 늙은 어머니를 위해 별도로 구매한다는 것은 그리 쉬운 일만은 아니었다. 이곳으로 이사 오기 전에는 어머니는 시내에서 불과 10리 남짓 떨어진 곳에 살았다. 대지가 400평, 2층 양옥집에 근 13년을 살았는데, 어느 날 집 관리하기가 힘에 부친다며 투덜거린 것이 급기야는 매매로 이어져 부산에서 내려온 젊은 식구들에게 집을 넘기고, 받은 돈이 몇 푼 있었지만, 그 돈은 고스란히 내가 넓은 아파트를 옮기는 데 쓰였다.

　그러고 1년 가까이를 어머니는 내가 살던 평수 작은 아파트에서 감옥 같은 생활을 참아가며 지내왔다.

　주택을 구하는 데 적잖은 시간을 보낸 나는 어머니의 탐탁지 않은 의사에도 불구하고 이 집을 계약하고 곧바로 집수리에 들어갔다. 11월이 끝나기 전에는 모든 것을 마무리해야 했다. 12월이면 말 그대로 겨울이지 않은가. 단독주택은 아무래도 아파트와는 달라서 외풍이 심하다고 알고 있었던 터라 집수리는 그리 녹록치만은 않았다. 짧은 밑천을 가지고 진행

한 리모델링은 그렇게 착착 진도가 돼 나아갔다.

아직 만족할만한 집의 형태를 갖추려면 시간이 필요했지만, 따뜻한 봄으로 미루었다. 마당엔 잔디를 깔 것이다. 텃밭을 가꾸기 위해 자연석으로 마당 한쪽을 밭으로 만들고 돌을 쌓았다. 물론 뜨락도 돌로 층계를 만들어 기와와 조화가 되도록 나름의 신경을 많이 썼지만 십분 내가 원하는 높이와는 괴리감이 느껴졌다.

넉넉하지 못한 돈으로 장만한 집은 그렇게 이사를 마치고 추운 겨울을 맞았다. 느지막이 끝낸 처마는 쏟아지는 눈을 다 받아내지 못했다. 신발로 눈이 내리고 발판마저 물기가 묻어나는 등 몇 가지 미완의 작품이 되었지만, 그런대로 지낼 만했다.

새로 이사 온 주택은 옛집이어서 아파트와는 지척 간으로, 공원 하나를 두고 떨어져 있다. 매일 아침저녁으로 마스크를 쓰고 팔을 앞뒤로 흔들며 운동하는 사람들의 운동장, 나는 이곳을 지나 아파트 단지 내에 있는 헬스장을 찾아 겨우내 둔해 있던 몸을 단련시켰다. 겨울에는 쉽사리 살이 찐다. 특히, 키에 비해서 6킬로그램이나 넘긴 몸무게를 가진 나에게는 운동은 필수항목이 된 지 오래다. 하지만, 일용할 먹거리를 제때 찾아먹는 것 마냥 일정하게 운동을 해 나간다는 것은 운동을 해 본 이라면 공감이 가리라. 다이어트가 결코 쉬운 일이 아니라는 걸.

1시간 30분에 걸친 유산소운동을 마치고 돌아온 내가 향한 곳은 어머니의 집 아랫목, 따뜻했다.

일일 연속극을 눈 빠져라 시청하던 칠순을 훌쩍 넘긴 노모는 이불을 걷어붙이며, 어여 아랫목으로 오라고 손짓을 한다. 그러곤 말한다. 춥지. 그리 춥지는 않다고 말했다.

"대문이 너무 뻑뻑하더라. 닫는 데 힘들었지……. 저녁에 닫으려고 하니 나한테는 힘에 부치더라." 어머니가 내 얼굴에 채널을 고정하고 그렇게 말했다.

"겨울에는 대문이 그래. 철도 오므라든다지. 봄 되면 괜찮겠지."

이때까지만 해도 좋았다. 아, 어머니, 더 이상 얘기하지 마시지. 어머니는 요 며칠간 돈 때문에 가뜩이나 머리가 산만한 아들의 고뇌는 생각지도 않고 건드려서는 안 되는 민감한 부분에 대해 몇 번이고 자꾸 얘기를 한다. 차라리 새 대문으로 했으면 한다고 솔직하고 명쾌하게 말씀하시지, 왜 자꾸 대문 타령을 하시는 지 모를 일이다.

"그만 좀 해요."

아들의 앙칼진 한마디가 바깥의 찬바람처럼 휙 지나간다. 부지불식간에 벌어진 난감한 처지에 거부하기는 두 사람이 똑같다. 나는 이불을 뒤집어쓰고 온기를 찾아 몸을 쑤욱 들이민다. 그 순간 어머니의 그물망 같은 손과 맞닿았지만 그냥 지나친다. 텔레비전의 볼륨만 들릴 뿐 어머니의 숨소리가 들리지 않는다는 걸 느낀다. 하지만, 뒤집어 쓴 이불을 걷어내지는 못한다.

"그래. 니 알아서 잘 하겠지."

조용한 적막을 깬 것은 어머니의 울음소리, 눈물이 이불 위로 뚝 떨어지는 소리가 고드름이 낙하하는 둔탁한 소리 못지않다는 것을 느꼈다. 아프다. 순간 직감했다.

"나는 니가 삐걱거리는 대문 열고 들어오는 모습만 봐도 안쓰러워서……. 미안도 하고 그래서 한마디 했기로 그렇게 매몰차게 얘기하니 서운타. 흐흐흐……."

아, 바늘끄트머리에 손가락끝마디가 찔린 것 마냥 따끔함이 빠르게 느껴진다. 잘못 먹은 음식물이 일순간 내려가는 게 아니라 부끄럽고 미안함이 철렁 내려앉는 무거운 죄책감이 엄습해왔다. 고개를 들 수 없는 그런 것.

"니는 욱 하는 그 성질머리가 항시 문제다."

늘 어머니는 아들의 이 같은 고질병 아닌 단점을 지적해 왔다. 안다. 아들 역시도 고치려고 하지만, 타고난 성품이 어디 하루아침에 그리 쉽게 고쳐지던가. 항상 후회하면서도 고쳐지지 않는 그 못난 게 이날도 터지고 만 것이다. 그 못난 성질머리가.

잠시 후, 어머니는 이불속으로 몸을 들이민다. 아들의 이불이 당겨져 어머니의 몸을 감춘다. 아들은 힘없이 이불을 뺏길 수밖에 없는 게 다행이기라도 한 듯, 슬그머니 자리를 털고 몸을 일으킨다. 시소처럼 위치가 바뀐 모양새가 되었다.

흐느끼는 노모의 훌쩍임이 숨소리처럼 느껴진다. 솜이불을 삐어져 나오는 작은 소리. 작은 게 결코 작은 게 아니다. 따갑고도 쓰리다. 후회는 이미 이만큼 다가왔고, 이 거센 파도는 썰물처럼 밀려나갈 기세가 아니다.

아무 말도 하지 못하는 아들은 한동안 고개를 들지 못한다. 아, 이대로 잠이라도 들면 좋겠다는 생각이 피곤과 함께 밀려왔다.

"이제 이사도 지겹다. 내가 전생에 무슨 죄가 많아서……. 가만히 세어 보니 열아홉 번이나 했더라."

언젠가 어머니가 하신 말씀이다. 잠들지 못하는 또 다른 이유다. 이 상황을 벗어나려고 하면 할수록 겹겹이 덧씌워져오는 어머니의 탄식이.

그해 겨울, 어머니의 서러운 눈물이 내게는 차디찬 눈발이었다.

김철희
한국문인협회상주지부 회원
시민신문 편집부장

갱죽

박순혜

큰오빠의 안부가 궁금해 전화를 하니 올케가 받아서 하는 얘기인즉 오빠가 요즘 건강이 안 좋다고 한다. 식사는 잘 하시느냐고 하니 갱죽을 좋아해서 갱죽을 자주 끓여드린다고 한다.

"아니, 갱죽을 끓여드린다고?"

나의 목소리가 절로 높아졌다. 그도 그럴 것이 큰오빠가 옛날에 많이도 싫어했던 음식이 갱죽이었기 때문이다. 지금이 어느 시대인데 갱죽인가. 녹두죽, 전복죽, 호박죽이거나 송이죽 등 고급 채소를 넣어 끓인 죽을 사서 드렸다거나 직접 끓여드렸다고 하면 이해가 가겠는데 갱죽이라니.

어떤 죽이 갱죽인지 알고나 저러나 싶어 재료를 물으니 쌀뜨물을 내어서 시래기 쫑쫑 썰어 넣고 된장 풀어 끓인다고 하니 그 옛날에 큰오빠가 그리도 싫어했던 그 죽이 아닌가.

죽을 자주 먹던 시절이 있었다. 우리 집은 저녁 끼니로 죽을 참 자주 끓였다. 건강을 위하여 아침은 임금처럼 저녁은 거지처럼 먹으라는 조반석죽의 교훈에 의한 죽이 아니라 식량을 늘려 먹기 위한 수단에 의한 죽이었다. 죽은 튼튼한 이로 음식을 분쇄하는 기능을 상실이나 한 듯 우물우물하다가 꿀떡 넘어가곤 했다.

보리를 통째로 볶아 가루 내어 쌀과 함께 끓인 이름 하여 볶음 죽, 날콩가루 넣어 끓인 콩죽, 봄에 끓이는 쑥죽, 산이나 들에서 채취해 뜯은 구기자 잎이며 알 수 없는 어린 나뭇잎으로 끓인 나물죽, 콩나물죽, 김장김치 송송 썰어 넣고 식은 밥 넣어 끓인 그 이름도 야릇한 갱시기, 시래기 넣고 끓인 갱죽 등 종류도 다양했다.

음식 솜씨 좋은 어머니는 재료를 바꾸어 식구들이 죽에 식상하지 않도록 신경을 쓰신 것 같은데 겨울엔 갱죽을 자주 끓이셨다. 갱죽이 경제적으로 부담이 안 가고 만드는 과정이 번거롭지 않았나 보았다. 그런데 우리 형제들은 모두 그 갱죽을 싫어했다.

우리 식구 뿐 아니라 다른 집 애들도 갱죽이 싫었나 보았다. 동네 머슴아들은 골목에서 딱지 치고 놀다가 이유 없이 누구에게랄 것도 없이 소리를 지르곤 했다.

    저년의 가시나 저래도
    뱃가죽이 얇아서
    앵죽 갱죽 못 쳐먹고
    수제비국만 즐긴다네

색깔조차 우중충한 갱죽은 나도 정말이지 싫었다. 식구들이 둘러앉아 훌쩍거리고 죽을 먹을 때면 나는 곧잘 식구 수를 헤아리곤 했다. 소리 내어 헤아렸다가 엄마한테 된통 야단맞은 적이 있기 때문에 턱을 가볍게 까불며 몰래 헤아린다. 다 아는 식구 수를 왜 그리도 헤아렸는지, 하나, 둘, 셋…… 여덟까지 헤아리곤 나는 안방이 좀 더 컸으면 좋겠다는 생각을 하고 이어 식구가 많다는 생각을 한다. 옆집 승부네는 삼 남매, 뒷집은 두 형제, 큰집 사촌들은 오 남매인데 우리 집은 칠 남매나 되니 엄마는 아(아기)를 왜 그리도 많이 낳았는가 싶었다. 식구가 많으니 식량을 늘려 먹어야 해서 죽을 끓일 수밖에 없는 우리 집, 다섯 명만 되어도 밥을 먹을 수 있을 텐데 은근히 부아가 나곤 했다.

다시 식구들을 둘러본다. 얼굴도 예쁘고 공부는 1등밖엔 안 했다는, 나에게 양말, 장갑은 물론 원피스까지 손뜨개를 해서 입혀주는 제일 맏이인 우리 집 가장의 학교 선생님인 큰언니.

우리 가정을 일으켜 세우기 위하여 많이도 좋아하는 문학을 버리고 반드시 서울공대를 들어가야만 한다는 자칭 천재의 귀공자 타입의 큰오빠.

그림 잘 그리고 낭만적이며 시적 감성이 풍부한 작은오빠.

마음이 한없이 착하여 나하고 싸우면 언제나 져주는 조용한 성품의 작은언니.

귀엽고 사랑스러운 어린 두 동생.

누구 하나 없으면 안 되는 너무나 소중한 존재이고 나는 나이기에 또 소중하다. 어머니는 걸핏하면 열 손가락 깨물어 안 아픈 손가락 없다고 하셨는데, 그 말은 우리 칠 남매를 똑같이 사랑한다는 뜻이었다. 어머니에게 우리 칠 남매가 똑 같은 열 손가락이듯 두 언니, 두 오빠, 두 동생도 나에게 소중한 열 손가락이 아니겠는가. 식구 많다는 생각은 하지 않아야겠다고 갑자기 철이 들기도 했다.

우리 식구 중에 갱죽을 제일 싫어한 사람이 큰오빠였다. 싫기야 다 싫었으리라. 다만 표현을 안 했을 뿐 누군들 안 싫었겠는가. 그래도 묵묵히 먹었다. 작은오빠는 밥은 바빠서 못 먹고 술은 술술 넘어가고 죽은 죽어도 먹기 싫다는 유머로 죽이 싫다는 간접 표현을 하였는데, 큰오빠는 달랐다. 어머니에게 꼭 죽을 끓여야 하는가 물었고 죽 끓일 쌀로 밥을 하여 밥을 반 그릇 주면 안 되느냐고 하며 어느 날 갱죽이 올라있는 저녁상 앞에서 인상을 찌푸리기도 했다. 아래로 줄줄이 어린 동생들도 안 하는 투정을 장남인 큰오빠가 하는 것이다. 얼마나 갱죽이 싫었으면 그랬을까.

자신이 천재라고 큰소리치던 큰오빠는 원하는 대학에 합격이 되어 집을 떠났다. 큰오빠는 객지생활하며 편지봉투 겉봉에 '×××본제입납'

이라 써서 집으로 편지를 자주 하였는데 편지에는 갱죽이 어른거리며 눈시울이 붉어진다는 동생들에 대해 애틋한 정의 글이 쓰여 있곤 하였다.

나는 어릴 때 왜 그리도 잘 아팠는지 걸핏하면 초학을 앓았고 걸핏하면 몸살을 앓았다. 내가 아프면 어머니는 쌀밥을 해 주셨다. 그래서 가끔은 꾀병도 부리고 싶었다. 그런데 지금은 몸 아프면 죽을 찾는다.

지난겨울 나는 목감기가 걸려 고생을 많이 했다. 밥맛이 너무나 없어 굶다시피 하고 누워 있노라니 어머니가 끓여주신 갱죽 생각이 간절히 났다. 무심한 딸년 아프면 엄마생각 한다더니 내가 그 짝이었다. 누가 갱죽을 끓여주면 한 그릇 거뜬히 먹을 것 같고 기운이 솟아오를 것 같았다. 시래기가 있으니 내가 끓일 수 있지만 만사 귀찮아 만들기 쉬운 흰죽을 끓여서 간장 살짝 뿌려 먹었다.

내가 몸 아파 어머니가 끓여주신 갱죽이 생각났듯이 큰오빠도 몸이 아프니 어머니가 생각났으리라. 어쩌면 죽 끓일 쌀로 밥을 해달라며 어머니 마음을 아프게 한 게 회한이 되어 갱죽을 찾지 않았을까 하는 생각이 든다.

큰오빠가 갱죽을 맛으로 드시든 추억으로 드시든 많이만 드시고 어서 건강 회복되기를 마음속 간절히 기원을 한다.

박순혜
《수필문학》으로 문단 데뷔
저서 『엉겅퀴의 절규』 외

대구 갔다 오는 길

박영애

하는 일이 대구를 자주 간다.

대구까지 버스를 타고 시내버스를 타고 재료를 구입하려고 2~3개의 짐을 들고 오기를 여러 해 다녔다. 피곤한 줄도 모르고 직접 열심히 작품을 만들어서 작품의 주인한테 시집보내는 마음으로 안겨주면 정성이 많이 들어가니 대가를 받고도 마음이 허전했다. 그렇게 살기를 25년이라는 세월이 지나고 보니 요즘은 얼마나 좋은가. 물건을 택배로 보내면 다음 날 받을 수가 있으니 힘도 들지 않고 문 앞까지……. 오늘도 볼일을 보고 수업을 받는 제자와 우연히 만나서 같이 차를 타고 오는 길이었다.

선팅이 되어있는 차창 밖은 세상을 열심히 살아온 사람처럼 고개를 숙이고 황금들판에서 농부의 손길을 기다리고 있다. 착한일 바른 삶을 살아온 사람처럼 그 누구에게 가르침을 주려고 부끄러워 일렁이고 있었다.

순정이라는 꽃말처럼 소담스럽고 가녀린 것 같지만 힘 있게 춤을 추는 코스모스 꽃이 손짓하는 곳을 따라가 보았다. 장천이었다. 코스모스 축제를 하고 있었다. 올해 8회째라는 현수막을 보면서 각설이 타령과 흥겨운 음악과 시골어르신들과 젊은이. 어린아이 손을 잡고 꽃길을 따라 사진을 찍고 있었다.

물이 흐르는 둑에 만발한 꽃과 임시돌다리도 건너면서 여름 같은 한낮이니 물놀이도 하는 아이도 있었다. 올망졸망 잘 자라게 손질을 해놓은 조롱박은 주렁주렁 크고 작은 것들이 서로 자랑이라도 하듯이 얼굴을 내밀고 있었다.

조롱박을 쳐다보면서 이 바가지로 막걸리를 한잔 저 바가지로는 계곡에서 흐르는 시원한 물을 한잔 마셨으면 좋겠다는 생각을 하면서 한 바퀴 돌다보니 어르신들이 무엇인가 종이컵을 들고 먹으면서 공연을 보고 있었다.

가까이 가보니 강냉이 튀밥과 쌀 튀밥을 먹고 있었다. 고개를 돌려 옆을 보니 큰 소쿠리 두 군데에 수북이 쌓여있는 튀밥을 보았다. 옆에는 종이컵도 엎어놓고 마음대로 드시라고 해 놓았단다. 드시면서 구경도 하시라고, 사먹어야 하는 요즘에 축제장에서 보기 드문 광경을 보고 그 옛날 시골에 살고 계셨던 시부모님 생각이 났다.

오일장에 다녀오실 때쯤 고갯마루에서 아이들과 기다리고 있으면 무겁지는 않지만 자루 한 가득 튀밥자루를 들고 오시면 부자가 된 기분과 아이들의 간식이 생겨서 잘 먹었던 기억이 났다. 아직까지 시골인심은 살아있구나 싶은 마음에 집으로 돌아오는 내내 마음이 흐뭇했다.

박영애
한국문인협회상주지부 회원

눈물

오정석

난 아무도 모르게 가끔 눈물을 흘린다.

예전에 군에 간 아들에게 엄마가 맛있는 음식을 해 가서 아들을 만나는 TV 프로그램이 있었다. 군을 제대했으면서도 '엄마가 그리울 땐……' 음악이 나오면 나도 모르게 눈물이 주르르 흐르곤 했다. 군에 간 몇 달 동안 헤어졌던 가족이 서로 만나 확인하고는, 끓어오르는 감정을 이겨내지 못해 마음껏 흘리는 눈물이 내 마음을 짠하게 했다. 그들의 감격스러운 눈물이 내 눈에도 눈물을 흐르게 했다. 그렇다고 내가 군에 가 있는 것도 아니고, 가족이 군에 가 헤어진 것도 아니었다. 그런데 그 때 그 방송을 즐겨 본 이유는 자식과 부모가 흘리는 눈물이 아름다워서가 아니었을까 생각한다.

이제 난 40대 후반에 접어들었다. 지금은 20대에 흘렸던 눈물은 어딘가 사라지고 웬만해선 눈물을 흘리지 않으려고 애를 쓰기도 한다. 중고등학교 다니던 시절, 형님은 남자는 태어나 세 번 눈물을 흘린다며 내게 훈계한 적이 있다. TV 프로그램을 보고 눈물을 흘리는 내게 남자가 창피하게 눈물을 흘리느냐고 핀잔하던 형님의 목소리가 귀에 쟁쟁하다.

그런데 그땐 TV를 보면서 같이 울고 나면 창피하기도 했지만 마음이 시원해지는 느낌이 들었으니 신기한 일이다. 이상하게도 같이 울고 나면 메마른 땅위에 촉촉이 단비가 내린 것 같았다. 괜히 마음이 설레기도 하고 희망이 움트는 것 같기도 했다.

아리스토텔레스는 눈물을 흘리는 것이 카타르시스 즉, 감정을 정화시키는 작용을 한다고 했다. 그 후 과학자들은 눈물에 염화나트륨, 염화칼륨, 칼슘 등이 함유되어 있고, 나트륨 농도가 혈액의 농도와 같다는 사실을 밝혀냈다. 신기한 것은 이러한 화학적 요소들만으로는 인간의 감정을 움직여 변화시키는데 아무런 도움이 되지 않는다는 사실이다.

그런데도 눈물은 위대한 힘을 가지고 있다.

구약 성경의 히스기야 왕은 죽음의 절망과 공포 속에서 회개의 눈물을 흘려 수명을 15년이나 연장시켰고, 어거스틴의 어머니 모니카의 눈물은 방탕한 삶을 살아가던 아들을 성자로 변화시켰다.

요즈음 아버지께서는 참으로 눈물을 많이 흘리신다. 전에는 성격이 엄하고 완고하시며 매사에 철저하신 분이라 눈물을 본 적이 없다. 칠십을 넘기시고는 추석과 설 가족 예배를 들릴 때마다 지금까지 인도하신 하나님의 은혜에 감사의 눈물을 보이시고, 후손들을 위해 하나님께 울면서 기도하신다. 예배를 인도하는 나는 그럴 때마다 가슴 속 깊은 곳에서 마음이 아려온다.

올 해는 처절한 아버지의 눈물을 보았다. 늘 건강하시던 작은아버지께서 3월 8일 돌아가셨다. 새벽 5시 30분 사촌 동생에게서 작은아버지의 마지막을 보려거든 병원으로 오라는 전화가 왔다. 난 어제 저녁 문병을 한 터라 정말 벌써 돌아가시겠나 하는 마음이 들었지만 서둘러 부모님과 함께 병원에 도착했다. 난 작은아버지의 마지막 모습을 눈물을 머금고 안타까운 마음으로 바라보고 있었지만 아버지는 작은아버지(동생)의 마지막 떠나는 모습을 바라보지 못하고 커튼으로 돌아서서 간장이 마르는 처절한 눈물을 흘리시고 계셨다. 그 순간 난 전신이 전류에 감전 당한 느낌이 들었다.

이후 발인하는 당일 봉강교회에 들러 관을 내려놓고 위로의 찬송을 부르던 중 아버지는 봉고버스를 손으로 내리치며 통곡을 하셨다. 가슴 속에 맺혀있던 안타까움과 응어리들이 한꺼번에 녹아내리는 듯했다. 칠십 평생 함께 아래, 윗집 살면서 동생을 먼저 보내야하는 아픔을 눈물로 쏟아내고 계셨다.

난 아버지와 함께 살아오는 동안, 하고 싶은 이야기를 다하지 못하고 살아오고 있다. 마음이 맞지 않아 원망도 하고 반항도 하며 내 멋대로 살아보겠다고 마음을 먹었던 적도 많았지만 그리하지 못했다.

삼십여 년 전, 실업계 고등학교를 다니며 대학에 진학하겠다고 공부하던 나는 안타까운 시간을 보낸 적이 많았다. 그토록 가겠다던 대학에 진학하던 해, 나는 손을 제대로 펴지 못해 세수를 할 수 없었다. 물을 움킬 수 없었기 때문이었다. 그때 아버지께서는 나의 병을 고치기 위해 백방으로 노력을 하셨다. 이름 모를 한약을 몇 달간 달여 마셨다. 대학 자취방에 오셔서 아버지께서 직접 밥을 해 놓으셨는데 쌀을 씻지 않고 밥솥에 밥을 안쳐 밥이 노랗고 모래알 같았다. 닭볶음탕은 닭을 네 덩어리로 크게 자르고, 무는 얼마나 크게 썰어 넣으셨는지 하마가 먹으면 맞을 것 같았다. 아버지 평생 처음 밥을 해 보셨단다.

아버지와 둘이서 먹으려고 아침상을 차리는데 먹을 수 없는 밥을 보고 짜증을 내는 내게 아버진 눈물을 보이셨다. 내가 처음 본 아버지의 눈물이었다. 그리고 세월이 지나 생각해보니 그 눈물은 아버지께서 대학에 입학한 내게 주신 선물이었다. 아버지와 함께 살면서 오해에서 비롯된 서운함이나 앙금은 그 때 흘린 아버지의 눈물이 내 마음을 치유해 주었다. 그 작은 물방울이 무엇이기에 나의 마음속에 가득 찬 원망과 미움들을 새벽이슬처럼 사라지게 하는 힘이 있는지 알 수 없는 일이다.

난 '남자는 평생 살면서 세 번 눈물을 흘린다' 는 말은 그대로 받아들이

지 않는다. 부모나 어른들이 남자 아이를 좀 더 강하게 키우고 싶은 마음
에서 만들어낸 말이라 생각한다. 험한 세파와 싸워 이길 수 있는 굳센 의
지를 가지도록 단련시킨다는 뜻이리라.

요즈음 지나친 경쟁 사회가 되면서 사회 곳곳에 눈 뜨고 볼 수 없는 잔
인한 단면들이 뉴스에 많이 보도된다. 정상적인 사람이라면 눈물 없이
볼 수 없는 일들인데 눈물을 흘리는 사람들은 정말 보기 힘들다. 또 아들
을 키울 때는 강하게 키워야 한다는 의식이 강해 남자가 흘리는 눈물은
부끄러운 것이 되어버렸다. 우는 것이 나약함의 상징으로 전락해 버린
지도 모를 일이다.

하지만 진심어린 눈물은 오염된 우리 마음을 깨끗이 씻어주는 세정제
이다. 사람은 울어야할 상황이 닥치면 마음껏 울 수 있어야 한다. 깊은
마음속에서 우러나오는 눈물은 영롱한 새벽이슬과 같다. 소나기가 내린
다음 오염된 공기에 찌들어 있던 하늘이 맑게 빛나는 것처럼, 마음껏 울
고 나면 그 만큼 마음도 깨끗해져 맑아지는 것이리라.

비록 눈물이 과학적으로 소금물에 지나지 않는다지만, 진심어린 눈물
은 굳게 닫힌 사람의 마음도 열 수 있는 강한 힘을 가지고 있다.

슬픈 일보다는 기쁜 일을 좋아하는 우리들이다. 그렇게 살아가다가도
슬픈 일을 당한 사람에게 위로의 손수건으로 눈물을 닦아주기도 한다.
눈물로 인해 삶이 보람되고, 이웃과 함께 기쁨을 맛볼 수 있음이 아닌가.

남아 있는 내 삶은 우는 자의 마음을 헤아리며 함께 울면서 살고 싶다.

난 오늘 새벽에도 기도한다.

'내 눈물샘이 마르지 않고 다른 사람의 눈물을 헤아릴 수 있는 마음을
주십시오' 라고.

오정석

경북 상주 출생
《상주문학》으로 작품 활동

삼천포에서

이옥금

실안 노을 길을 천천히 달리고 있다. 창선에서 사천대교까지가 우리나라 아름다운 길 100선에 든다 할 만큼 정말 아름답다.

낡은 카메라처럼 아둔한 나는 이리저리 구도를 맞춰 보지만 내 눈에 들어오는 풍광들을 다 담아갈 수 있을까? 길 양편에 벚꽃 가로수는 가을을 머금었다. 누가 그랬듯이 바다 가운데 섬이 있는지 섬 사이에 바다가 있는지 석양빛이 반사되는 이 풍경을 다 담을 수 있을까? 내 마음 밭에.

통영이 한국의 나폴리라면 삼천포 근해는 그 옷자락이다. '산타루치아'가 없어서 그렇지 그곳만 못하지 않다고 한다. 사천대교를 지나 쉬어가는 곳에 내렸다. 트럭에다 국화빵과 호떡집을 만들었다. 호떡 하나를 사서 먹으면서 사천해전의 짧은 역사를 들여다본다. 이순신 장군이 왜군 2,600명과 13척의 왜선을 격파하고 부상을 입어 이곳 모자랑포에서 하루를 지낸 곳이라는 기록을 보며 상념에 잠겨 본다. 노산공원을 향해 되돌아가는 길, 팔포 해안 길 난간 밑엔 삼천포아가씨(동상)가 여전히 그 자리에 앉아 임을 기다린다. 봄에 왔을 땐 동백꽃과 눈깔사탕 두 개가 손 위에 얹혀 있었는데 지금은 붉은 단풍잎을 누군가가 얹어 놓지 않았을까?

목섬 산 너머로 해넘이를 본다. 황홀하다 차라리 무심하다. 동백들은 봉우리를 이루려고 볼똑볼똑하다 어떤 부지런한 놈은 벌써 붉은 자태를 뾰쪽이 내민다.

박재삼 문학관 가는 길을 화살표로 인도 받아가다 보니 가로등 불빛이

길을 비추고 주변은 어둡다. 이젠 내려가야지. 내일 다시 와야지. 팔각정 앞에 오다가 이대로 밤바다를 지나쳐 버리면 후회 될 것 같아 정자에 앉았다. 고깃배들의 불빛이 바다를 수놓고 있다.

다음 날 아침 9시경 박재삼 문학관을 찾았다. 전시되어 있는 시 중에서 먼저 눈에 띄는 「추억에서」란 시를 써내려간다.

> 해방된 다음 해/노산 언덕에 가서 눈 아래 무역회사 자리/홀로 삼천
> 포중학교 입학식을 보았다/기부금 삼천 원이 없어서/그 학교에 못
> 간다는 나는/여기에 쫓겨 오듯 와서/빛나는 모표와 모자와 새 교복
> 을/눈물 속에서 보았다//그러나 저 먼 바다/섬 가에 부딪히는 물보
> 라를/또는 하늘하늘 뜬 작은 배가/햇빛 속에서 길을 내며 가는 것을
> /눈여겨 뚫어지게 보았다/학교에 가는 대신/눈물을 범벅 씻고/세상
> 을 멋지게 훌륭하게/헤쳐가리라 다짐했다(중략)

여기에서 펜을 멈추었다. 나는 시인의 고백 속에서 내 어린 얼굴을 보고 있다. 초등학교 6학년 때 돈이 없어서 중학교에 못 간다는 서러움에 학교 실습지 밭둑에 앉아 그래도 '강의록'을 펼치다 눈물범벅이 되었던 그때를 추억하면 지금도 난 울어버린다.

하늘하늘 뜬 작은 배가 햇빛 속에서 길을 내며 가는 것을 눈여겨 뚫어지게 보았던 시인은 거기에서 빛을 보았던 것이다. 그날, 배추꽃이 노랗게 핀 실습지 밭둑에서 내가 빛을 보았듯이.

박재삼 시인의 마음을 한 켜 한 켜 들여다보다, 어느새 나를 보다를 되풀이하면서 나는 그분의 시를 베껴 쓰기도하고 읽기도 했다. 그리고 문학관을 나오면서 방명록에 글을 썼다.

"글을 쓰고픈 늙은 학생, 선생님 뵙고 갑니다."

　　내려오면서 생각한다. 삼천포 배경은 잘 보았는가? 피사체들은 한 장의 구도 안에 잘 잡혔는가?

　　담지 못한 것들은 이후에도 뜬금없이 불쑥불쑥 튀어나와 나를 건드릴 것이다. 내 짧은 필름을 어찌하랴?

　　단지 내가 여기 왔었다는 추억 하나 담아가는 것, 그것으로 위안을 삼는다.

이옥금

호 진주(眞珠)
국군간호사관학교 졸업
육군병원 근무
경북의대 chp 과정 수료
보건진료소장 정년퇴임
한국공무원협회 회원 신인문학상(시 부문)
지필문학 회원 신인문학상(수필 부문)
상주문학 회원

나를 사람 사이에 있게 하는 것

이은정

무거운 표정의 한 커플이 통로 건너 자리에 앉아 있다.

"정말, 이럴 거야?"

원망하는 눈초리로 여자는 남자를 무섭게 바라본다.

"내가 뭘?"

남자는 퉁명스럽게 대꾸하지만 표정에선 미안해 할 짓을 했다는 움찔거림이 드러난다.

"네가 어떻게 나한테 그럴 수 있니?"

여자는 금방이라도 눈물을 쏟을 것 같은 눈으로 남자를 바라본다. 남자는 주위를 둘러보며 나를 의식한 듯 나지막한 목소리로 여자를 달래본다.

"미안해, 나도 어쩔 수 없었어. 다음부턴 절대 이런 일 없도록 할게."

"너 나한테 이러면 안 되는 거야. 알겠어?"

여자는 눈에 고인 눈물을 닦아내며 투정한다. 남자는 여자 가까이로 자리를 옮겨 앉고는 어깨를 포근히 감싸준다.

"정말 미안해, 어쩔 수 없었어."

남자가 다정하게 진심어린 사과를 한다.

나는 두 사람의 대화를 본의 아니게 모두 들으며 두 사람 사이에 어떤 일이 있었을까 궁금하기도 했지만 두 사람의 문제를 해결하는 간단한 의사소통에 더 놀랐다. 몇 마디의 대화만으로 단단히 벼르고 있던 여자의 화가 누그러지고 금세 밝은 미소를 머금는다. 어떻게 저럴 수 있지? 의아

181

스럽기도 했지만 충분히 이해가 될 수 있는 상황이었다.

우리는 이른바 정보화 시대에 산다. 그래서 인지 많은 사람들은 과학
도 점점 포기해 가는 가치중립적인 '사실'에 집착한다. 젊은 사람들의 대
화에서,

"그러니까 팩트(fact)가 뭐냐고?"

라며 사실을 구체화 할 것을 재촉하는 이야기를 자주 듣는다. 또한 인
터넷 상에서 회자되는 많은 루머와 공론도 구체화된 사실의 골자만을 중
요하게 다룬다. 언제부턴가 사람들은 '태도'와 '가치'가 빠진 사실에 집
착하게 되었다. '공식적', '객관적' 등과 같은 다소는 비인간적인 조건을
전제로 사실을 다루는 관계가 지나치게 보편화 되어버린 현대사회에서
우리는 감당하기 힘든 상실감과 소외감을 느낀다. 전혀 미안해하거나 어
색함 없이 '거두절미하고', '단도직입적으로' 사실에 몰입한다. 결국 우
리는 스스로도 '관용'과 '배려'를 보이지 않고 타인에게서도 그런 것을
받지 못한다. 우리들 사이에서 '정(情)'이 사라지고 있다. 근대적 합리주
의가 강조하는 객관주의에 '사람'이, '인간다움'이 퇴색해 가는 것 같아
조금은 서글퍼진다.

부모가 미안해하는 자녀에게,

"구차한 변명은 집어 치우고 사실만 말해."

직장 상사가 송구스러워 어쩔 줄 몰라 하는 부하 직원에게,

"쓸데없는 소리 말고 결론만 말해."

아래층에 사는 이웃이 위층 이웃에게,

"사실이 그렇잖아요, 사실이~"

이러한 다그침 속에서 우리는 소중한 '인간다운 정'을 잃어가고 있다.

내가 듣게 된 두 남녀의 대화에서 '사실'은 중요하지 않았다. 특히 여자
에게 중요한 것은 논리적 인과관계로 설명되는 '사실'이 아니었다. 자신

에게 진심으로 미안해하고 자신의 분노나 실망감을 이해하고 위로해 주는 남자의 태도가 중요했던 것이다. 그것이 확인되자 여자의 분노와 슬픔은 사라지고 사랑하는 남자의 진심과 따스한 손길만이 의미 있게 다가왔던 것이다. 아마 객관적으로 사실을 밝히고 인과관계를 분명하게 따지고 들었더라면 두 사람사이엔 사랑이 아닌 깊은 갈등의 골이 패였으리라.

　말 한마디가 천 냥 빚을 갚을 때 그 말에는 '사실'이 아닌 '진심어린 태도'와 '인간다운 가치'가 담겨있는 것이다. 사람과 사람 사이의 문제는 '사실'로 해결되는 것보다는 가치와 태도로 해결되는 경우가 훨씬 더 많아야 한다. '사실'은 권리와 책임의 관계를 명확히 하여 문제의 본질을 드러내는 데에는 효과적이다. 그러나 그것으로 문제가 해결되지는 않는다. 진정한 해결은 '사실'을 대하는 우리들의 태도와 가치에 달려 있다.

　공익광고는 관용과 배려를 강조한다. 그러나 객관적 사실 앞에서 그런 가치는 무의미해진다. 진정한 관용과 배려는 사실에 앞서 그 사람의 태도와 당사자 간의 관계에 내재되어있는 가치가 존중되어야 드러날 수 있다. 밝히기 보다는 이해하고 덮어주는 태도가 있어야 한다. 객관보다는 인간적으로 받아줄 수 있는 주관이 있어야 한다. 때로는 아니 적지 않은 경우에 진심어린 태도와 가치 앞에서 '사실'은 아무 것도 아닌 게 된다.

　환하게 웃으며 두 손을 마주잡고 있는 두 사람을 바라보고 있노라니 저절로 미소가 지어진다.

이은정
초등학교 교사로 25년째 근무
현 상주중앙초등학교 수석교사

尚州文學

尚州文學

특집 II. 우수 입상작

제3회 전국청소년문학상

대 상 – 말 김윤정

제4회 환경사랑 학생백일장

대 상 – 비둘기 이재은

말

김윤정(성신여자중학교 2-4)

초등학교 저학년 때의 나는 학교에서 왕따라 불리는 존재였다. 아마 3학년 때부터였을 것이다. 그때부터 아이들은 나를 외면하기 시작했고, 나는 그저 멀어져만 가는 아이들을 멀거니 쳐다보기만 하고 있었다. 10살의 나는, 다른 아이들과 어울리려는 자체를 하지 않았었다. 아침의 차가운 흙바람을 맞으며 학교에 들어선 순간, 나의 귀에는 나를 두고 소곤거리는 소리가 가득 찼다. 조롱하고, 비난하고, 놀리는 말들이 나에게 들려왔다. 그러나 난 신경을 쓰지 않았다. 오늘 아침에 엄마가 골라준 국화처럼 흰 티셔츠가 다른 아이들에 의해 더러워져도 엄마에게 졸라 산 고급스러운 학용품이 사라져도, 신경을 쓰지 않았다. 시선도 돌리지 않은 채, 그저 곧게 정면만을 바라보며 그냥 그 자리에 서 있었다.

어쩌면 애써 모른 척 한 것일지도 모르겠다. 아이들이 나의 앞에 바로 서서 나를 욕할 때도 나에게 몰래몰래 쓰레기를 던질 때도. 난 나를 괴롭히는 아이들에게 하고 싶은 말이 있었을 것이다. 그만 해 달라고, 나에게 왜 이러냐고, 내가 무슨 잘못을 했냐고. 저녁 5시. 학교와 학원을 돌고 집에 와서 거울을 볼 때. 엄마가 차려준 저녁을 먹고 목욕을 하기 위해 욕실에 들어와 옷을 벗었을 때. 울긋불긋 핀 퍼렇고 뻘건 단풍잎 마냥 내 몸을 장식한 멍자국을 보며, 어린 나는 대체 무슨 말이 하고 싶었을지. 목욕탕에 갔을 때 뜨겁고 습한 증기 사이로 본 나의 몸이 엄마의 눈엔 어떻게 비추어 졌을지, 그때 엄마는 날 다그치는 대신 말없이 끌어안아 주었다. 온몸에 빨갛고 파란물이 든 나는 그제야 왕따를 벗어났고, 나는 내 입시울을 닫았다.

　　말이 없는 생활은 오히려 편하다. 어떤 말을 해야 할지, 무슨 내용을 말해야 할지 고민하지 않아도 나는 살아갈 수 있었다. 꾹 닫긴 내 입은 학교에서나 집에서나 열릴 줄을 몰랐다. 누가 무엇을 하든 내 입은 반응을 보이지 않았고, 자연스럽게 나는 남에 대해 관심을 꺼버렸다. 그러자 또 너무나 자연스럽게도, 내 주위에는 아무도 다가오지 않았다. 그렇게 난 점점 내 주위에 벽을 쌓아나갔다. 누가 무엇을 하든, 단단한 벽돌과 콘크리트로 쌓아올린 벽에는 금도 가지 않았다. 그렇게 살아가며, 내 안은 내 입 밖으로 나가지 못한 말들로 점점 가득 차기 시작했다. 나도 모르는 사이에, 나의 가슴속엔 산이 만들어져 가고 있었다. 나조차도 몰랐던 그 산의 존재는 내가 말을 하지 않으면 않을수록 착실하게 쌓여가기 시작했고, 결국 몇 년이 지났을 때에야 나는 그 산의 존재를 알 수 있었다. 그 산은 풀과 나무가 무성한 산이 아니었고, 꽃과 나무 열매가 화려하게 펼쳐진 분홍빛 산도 아니었으며, 육십 줄을 넘어가는 아저씨의 머리카락을 연상케 하는 민둥산도 아니었다. 그 산은, 말의 산이었다. 한참을 썩고 썩어서, 마침내 그 속살마저 검은 오물처럼 더럽게 썩어가던 산. 내가 그토록 하고 싶었던 말들이 쌓이고 쌓여, 그 세월을 미쳐 견뎌내지 못한 방치된 산, 정말 존재하는 산과 나의 안에 있던 산의 차이점을 말하자면, 나의 산은 점점 높아져가고 있었던 것이다. 내가 말하지 못한 단어, 문장, 표현, 묘사, 심지어는 자음과 모음의 조각까지도. 산은 그 모든, 나의 모든 속마음을 전부 쌓아가고 있었다. 그 것을 깨달았을 때, 난 참을 수 없는 거대한 통증과 마주했다. 가치관이 빙빙 돌아가며 내 장기를 모두 찢어발기는 듯 했고, 체내에 쌓인 독이 내 피와 살을 모두 태워 버리는 듯 했다. 나의 산은 그만큼 더럽고, 냄새나고, 오물이 쌓이고, 썩어있었다. 괴로웠다. 참을 수 없을 만큼 진통제를 한 움큼 집어 삼켜도, 동면하는 곰처럼 수면을 취해도 이 잘 벼른 식칼로 긁는 듯한 통증은 전혀 낫지 않았다. 날카로운 가시관으로 찢겨진 나의 마음은 더 이상 정상적으로 살아가는 것이 불가능할 정도로 망가져 있었다. 난 살아 있었지만, 죽어가고 있었다. 차라리 완전히 죽어버리는 것이 편할 것 같았다. 그만큼 난 내가 느낄 수 있는 최대한의 고통을 느끼며, 아주 천천히 죽어나가고 있었다.

그 때, 나는 말의 산을 깎아내렸다. 대도시에 우뚝 서 있는, 목을 완전히 꺾어도 끝을 볼 수 없을 것처럼 높은 빌딩처럼 높은 말의 산을 깎아내리기 시작했다. 그리고 그 깎아낸 것들도 글을 쓰기 시작했다. 검게 썩어 있는 말들을 꾸미고, 포장하여 문장으로 만들어냈다. 그 문장들을 엮고 엮어, 한 편의 글을 종이 위에 적어 내려갔다. 그 글은, 전문작가가 쓴 글만큼 화려하고, 단정하고, 강렬하고, 멋지고, 수려한 문장으로 이루어지진 않았다. 나의 글은 투박하고, 한 겹만 벗겨보면 썩어 있는 초라한 글이었다. 하지만 난 말의 산을 깎아내리는 것을 멈추지 않았다. 계속 썼다. 말의 산이 전부 없어질 때까지, 그 곳에 그것이 있었다는 흔적마저 남기지 않고 모두 글을 쓰는 데에 소비해 버렸다. 그리고 정신을 차렸을 때 나는 나의 꿈이 소설가라고 말하고 있었다.

난 말하지 않는 것을 그만 두었다. 내가 쌓아 올린 견고한 벽은 내 스스로 전부 허물어 버렸다. 또한, 나는 더 이상 내 스스로 말의 산을 쌓지 않는다. 더 이상 내 가슴 속에 쌓인 말들을 방치해 놓지도 않고, 썩게끔 내버려 두지도 않는다. 나는 이미 알고 있다. 내가 살아가면서, 내 스스로 깨달은, 이젠 나의 삶의 교훈이 된 사실이다. 말은 쌓인다. 내 가슴 속이든, 머릿속이든, 어디든 쌓일 수 있는 공간만 있다면 쌓인다. 그리고 썩어 들어간다. 고인 물이 썩어 들어가는 것처럼, 이미 의미를 잃어버린 말들은 그 속살마저 썩어 들어가 더 이상 쓸 수 없을 정도가 된다. 나는 그 사실을 너무나 뼈아프게 깨달았다. 더불어, 그 썩은 말들을 모양 좋게 포장하는 것이 얼마나 어렵고 힘든 일인지도.

비둘기

이재은(상지여자중학교 1-1)

　　슬프게 울며 "엄마, 도와주세요."라고 외치던 막내 옆에 서서 같이 슬퍼해주는 방법 외에는 더 이상의 방법은 없었다. 역 주변을 날아다니며 걸으며 사람들이 주던 과자를 먹다 막내가 '픽' 하고 쓰러지며 눈물을 흘렸다. "엄마, 도와주세요……. 저 지금 이상한 것을 먹은 거 같아요……." 하며 힘겹게 외치던 아이를 보고서도 할 수 있는 일은 같이 슬퍼해주는 일 뿐, 그 아이를 위해 할 수 있는 일은 없었다.

　　초록색 대문 옆 큰 단풍나무 밑에서 작은 아기 비둘기 세 마리가 태어났다. 내 자식들이지만 어찌 그리 예뻤을까! 제일 먼저 태어난 첫째는 눈이 동글동글하고 두 번째 아이는 맑은 호수를 집어넣은 듯 맑고 깨끗했고 막내는 막내답게 애교도 많았고 말도 잘 들었다.

　　첫째이어서 그랬을까 제일 먼저 철이 든 첫째와 도시로 잠시 여행을 갔었다. 퀴퀴한 공장연기가 코를 아프게 하고 눈을 따갑게 하였지만, 처음 도시에 와 본 첫째의 너무나도 밝은 미소에 차마 다시 집으로 가자는 말은 꺼내지 못하였다.

　　처음 보는 크고 높은 빌딩들을 구경하고 주변에 있는 큰 역에 가서 사람들이 던져주던 과자도 함께 먹으며 즐겁게 여행을 끝마치는가했는데 3일째 되는 날, 집으로 돌아가기 하루 전 퀴퀴하지만 시골에서는 못 보던 까만 연기가 신기하다며 공장 위로만 날아다니던 아이가 갑자기 하늘에서 빙글빙글 돌더니 공원으로 떨어져버렸다. 방금까지도 잘 날던 아이가 갑자기 떨어지니 내 마음도 동시에 '쿵' 하고 떨어지는 것만 같았다.

　　공원으로 내려가 보니 아이의 몸은 축 늘어져 있었다. 아이 옆에 좋아하는 과자도 물어두고 집에 가자고 소리쳐 봐도 아이는 더 이상 움직이지 않았다. 아이를 안전한 곳으로 옮기고 슬프지만 전할 수밖에 없는 소식을 아이들에게 전하러 총알 아니 그보다 더 빠르게 날아 집으로 갔다. 큰 각오를 하고 갔지만 해맑게 웃으며 반기는 아이들에게 차마 슬픈 소식을 전하지 못하였다. 결국 아이들에게는 말하지 못하고 막내가 크기 전까지 도시 생각만 해도 소름이 쫙 돋았다.

엄마가 힘들어 하는 것을 알았는지 어리광 한번 피우지 않던 막내가 처음이자 마지막 소원이라며 하루라도 좋으니 도시에 가자고 하였지만 그때도 내 머릿속에는 첫째가 힘겨워하던 얼굴이 떠오르고 있었기에, 망설였지만 이렇게 힘들어 하지만 말고 용기를 내어보자 하며 도시로 날아갔다. 공장들만 보면 첫째 생각에 눈시울이 붉어졌지만 아직도 첫째가 죽은 것을 모르는 막내가 알게 될까 애써 웃음을 지었다.

퀴퀴한 냄새로 가득한 하늘을 거쳐 공원으로 날아갔고 막내는 과자를 던져주는 순간 바로 바로 물어 먹었다. 그리고 몇 분이 흘렀을까 아이는 사람들이 버린 비닐을 먹고 '픽' 하고 옆으로 쓰러졌고 몇 초 후 첫째의 곁으로 갔다. 아이가 도와달라고 힘겹게 소리치며 우는데, 엄마인 내가 할 수 있는 일이 아무것도 없다니…….

첫째와 막내를 살리지 못했다는 죄책감에 자전거가 오는데 피하지 않고 있다가 우리 아이들 곁으로 갔다. 그 때 사람들을 향해 "더 이상 환경을 오염시키지 말아주세요!"라고 외쳤는데 그게 들리기는 했을까……. 조금만 더 신경 쓰면 깨끗해질 환경인데 말이다.

尚州文學

특집 Ⅲ. 낙강시제 시선집 중 강과 물의 시

강물정거장

김동억

산골짜기 거쳐 온
개울물도 멈춰 서고
푸른 들녘 지나 온
시냇물도 멈춰 섰다
떠나가는 정거장

해님이 내리면
별 총총 올라타고
달님이 내리면
구름도 올라타는
강물정거장

넘침 없이, 막힘없이
달려가라고
큰물 나면 끌어안고
가뭄 들면 내보내며
보살펴 주는 넓은 마당

농촌으로, 도시로
공장으로, 바다로
찾아가는
저 많은
강물, 강물, 강물

김동억

1985년 아동문예 신인문학상 당선
아동문학소백동인회장, 봉화문학회장, 문협영주지부장,
경북글짓기교육연구회장 역임
경북문학상, 영남아동문학상, 대한아동문학상 수상
동시집 『해마다 이맘때면』 『하늘을 쓰는 빗자루』 『정말 미안해』 등

가을 강가

김수화

소슬바람 부는 강가에 서면
나마저도 잊고 지낸
멀어져간 날들이
기억의 빗장을 열어
안개 되어 피어오르고

안길 듯 안길 듯
시리고 먹먹해
간절히도 환하다

기억은 늘
파문을 열어
시들지 않는
물그림자로 남는다

김수화
《자유문학》으로 등단
제3회 경상북도여성문학상 수상
시집 『햇살에 갇히다』

물의 분노

김시종

물을 물로 다루면 칼이 된다

물의 나지막한 목소리를
들을 줄 알아야 한다

물은 평소 조용한 편이지만
한해 몇 번씩 제 목소리를 낸다

경주 안강읍 산대저수지,
오랜 침묵 끝에 목소리를 내다

김시종
중앙일보 신춘문예 당선(1967)
『자유의 화두』등 시집 33권 발행
한국펜클럽본부경북지회장

강

여영 김영애

걸었던 빗장 풀어 천릿길 걸어간다
쉼 없는 수행 길에 굳은 땅 품어 안고

뜨거운
입김을 불어
축여놓은 저 산야

몸 낮춰 걷는 뜻을 하늘에 맡겨두고
둥지에 알을 낳는 새소리 맑은 날에

또 간다
수없이 모여서
하나 되는 고행 길

김영애

경북 영주 출생
한맥문학 수필 등단, 시조문학 등단, 월간 신문예 자유시 등단
한국시조시인협회, 경북문인협회, 월하시조문학회부회장,
시조사랑시인협회편집부국장, 영주시민신문 논설위원, 녹색문학 고문,
여성시조문학회 · 시조문우회 · 가람시조 · 영주시조 회원
수필집 『초승달에 걸린 반지』, 시조집 『별이 되는 꽃』, 『쪽빛 하늘 한 조각』,
　　　『씀바귀가 여는 봄 하늘』
국제문화 예술상, 허난설헌 문학상, 에피포토 문학상, 시조문학 제4회 좋은
작품집상, 시조문학 올해의 작품상, 무원문학상 본상, 한올문학상, 황진이
문학상, 달가람문학상

비단강(錦江) 가에서

김재환

아스라이 먼 옛날 열여덟 살적
별빛과 달빛이 안개에 휘감겨
아슴푸레하던 여명 녘에
종이배 띄워 보낸 적 있었네

매끄럽게 다림질한 회포대종이에
밤새워 정성들여 쓴 글씨
공들여 고이 접고 접어
멋진 종이배 한 척을 만든 일 있었네

연분홍 복사꽃 강물에 흐르네
예쁜 작은 꽃배가 되었네
물살센 강여울을 뒤뚱이며 흘러가
굽이굽이 돌고 흘러 어느 바다에 멈출까

젊은 날의 아픈 꿈을 가득 싣고 떠난
그 배는 오늘도 돌아오지 않네
금강 하구언 대청댐 용담댐이 가로막아
떠난 장어처럼 영원히 돌아올 것 같지 않네

굳게 다짐한 새파란 꿈도 이상도
안개처럼 구름처럼 바람처럼 사라졌네
풍상에 찌들며 짠 바닷물에 흠뻑 젖어
이곳저곳 기웃대며 떠도는 방랑자

김재환

월간《수필과 비평》으로 등단
한국문인협회진안지부 회장, 국제 펜클럽 회원, 수필과비평작가회의 감사,
전북수필과비평작가회의 회장 역임
작촌 예술문학상, 진안예술문학상 수상
저서 『금물결 은물결』, 『역마살』

무섭 외나무다리

김제남

길게 누운 낙동강
허리띠
무섭 외나무다리

웃음소리 가득
꼬마신랑과 꽃가마
건너오는 날

그네 타고 훨훨
하늘 나는 기분일 거야

울음소리 가득
꽃상여와 상여꾼
건너가는 날

텅 빈 집
혼자 있는 기분일 거야

기쁜 일 슬픈 일
마디마디 느끼는
무섭 외나무다리

김제남

1997년《한맥문학》아동문학평론 신인상 수상
한국문인협회봉화지부 회장 역임
아동문학소백동인회 회장
동시집 『송이 따는 아이들』, 『찔레꽃 향기』

울며 흐르는 강

김종희

저물 녘 강가에 나아가
울며 흐르는 강을 보았다
강가에 앉아
강안을 가만히 들여다보니
하늘하늘한 초록 옷을 걸친 수많은 여체들이
미끈한 두 다리를 강물에 박고 서서
인어처럼 허리를 옆으로 휘어서
희고 긴 둥근 팔을 머리 위로 흔들며
쉴 사이 없이 물살을 만들고 있다
그 물살을 따라 수초처럼 길게
풀어헤친 머리카락들
흐느적거릴 때마다
강은 울음소리를 냈다

한참을 있다가
가만히 내 안의 강을 들여다보니
친구를 잃은 슬픔이 수초처럼 자라
서럽게 울고 있다

김종희

1982년《시문학》으로 등단
한국문인협회마포지부장, 국제펜클럽 이사, 현대시인협회 지도위원,
여성문학인회 이사
저서 『이 세상 끝날까지』, 『물속의 돌』, 『시간 밖으로』, 『S부인은 넘어지다』,
　　『나는 너무 멀리 있다』 등

강물

나동훈

가는 곳
끝없는 연민의 몸짓
낮은 곳으로
흐른다
밀리고 쫓기는 삶
가슴에 떨어진
꽃잎
안고 흐른다

노을 진 주막에 들려
표주박에
석양배(夕陽盃) 들고
버린 여자 사랑이야기로
그저 흐르기만 한다

가는 길을
포기하지 않는 강물
친구끼리 만나면 얼싸안고
바람을 만나면 볼을 비비고
갈대를 서걱인다

노을이 탈 때
물망초 흐드러진
마른 강둑에 앉아
기억의 풍경 속의
강물에 사랑을 빨래한다

나동훈

2008년 《문학세계》 등단
공학박사
경북문협, 구미문협 지부장
대한상하수도학회 회원, 이육사문학관 운영위원

낙동강 왜가리

박근칠

구름이 모여들어
무엇을 만들까?
하늘만 쳐다보는
왜가리 한 마리

토끼모양 셋
양떼모양 넷
세다가 아픈 고개

길게 뺀 목을 내려
강물에 담그고 서서
황소모양 다섯……

하늘이 내려앉은
강가에서 혼자
해종일 세다가
오늘도 날이 저문다

박근칠

《아동문학평론》으로 등단
한국문협 회원, 한국동시문학회 자문위원 등
한국문협영주지부회장.아동문학소백동인회장 등 역임
현대아동문학상, 방정환문학상 외 6회 수상
작품집 『엄마의 팔베개』, 『서로 웃는 닭싸움』 외 5권

밀어내기

박두순

강가에 쌓인 모래
지난해보다 높아져 조그만 봉우리 같다
모래가 많아졌는데도 강물은
변심하지 않고 파란 색깔과 깊이로 흘렀다

그렇다, 강은
자신 내면 지키기를 게을리 하지 않았다
제 색깔과 깊이를 지니려고
모래를 밖으로 밖으로 밀어낸 것이다

수천 년을 그렇게
강심에 쌓이는 모래를
밀어내고 밀어낸 것이었다
자신의 맑음 지키기는
이렇게도 냉정해야 하는 것이다

박두순

《아동문학평론》, 《자유문학》으로 등단
대한민국문학상, 소천아동문학상, 한국아동문학상, 방정환문학상,
월간문학동리상 수상
동시집 『사람 우산』 등 12권,
시집 『찬란한 스트레스를 가지고 싶다』 등 3권 출간
현재 국제펜클럽한국본부 부이사장, 《오늘의 동시문학》 주간

낙동강에 흐르는 물

박형동

천하를 통일한 무사도
눈물 앞에서는 칼은 내려놓는다
천하제일의 문장가라도
눈물로 쓴 글이 아니면
사람의 마음을 움직이지 못한다

강한 자를 무너뜨리고
굳어진 신념을 무너뜨리는 것은 눈물이다
그것도 아주 약한 자의 눈물이다
이슬보다 더 맑게 고이는 눈물이다

진실로
사람을 움직이고
세상을 움직이는 것은
연약한 자의 눈물이다
사랑하는 자의 눈물이다

굽이굽이 갈래갈래
낙동강엔
그 눈물이 흐른다

박형동
전남문협회장
시집 『아내의 뒷모습』 등 5권

낙동강 · 20

백영희

반세기를 간직한 유년의 이야기
태백 연지의 전설을 간직하고
칠백 리로 흘러
여자의 몸속에
낙동강 물빛으로 산다
강변 산책 나온 아이들
쑥과 꽃향기에 취해
함안보까지 달리는
자전거의 꽁무니를
햇살과 함께 헐떡이며 달린다
봄의 역마살이
낙동강 푸른 몸통에 업혀
여자는 부산 가덕도 앞바다
모래톱에 파도로
많은 이야기를 심는다

백영희

1994년 월간《시문학》등단
부산여류시협회장, 현대시협, 금정문협이사. 목마, 부산시문학동인
시집 『바람의 씨앗』 외 2권

새벽 강가에서

윤민희

차라리 눈을 감자
일어서는 신선을 가슴으로 맞이하자
이른 새벽 강변에 나와 뚫어져라 바라보는
나는 무엇으로 흐를 것인가
삶은 명상 아니면 도전
오래도록 나는 한 곳에 서 있다
새벽 강의 꿈틀거림을 응시하며
축축해진 기억은 그 자리를 맴돈다
등이 굽은 산이 있고
나무가 뒤틀린 채 버티고 있고
나무 뒤로 아침을 굶은 새가 하나, 둘, 셋
맨 끝으로 형체조차 희미한 내가 있다
물방울이 넓게 경계를 만들고
그 경계를 허물며 닭 울음이 수면 위를 덮는다
수평은 발 끝 세워 일어서지 않는다
강은 모든 것을 받쳐 들고
흘러가기를 서두르지 않는다
나는 수직으로 일어서려고 몸부림치고
강물은 소리 없이 수평으로 평화롭다

윤민희

국제펜클럽 회원, 현제 한국문인협회오산지부 회장
동서문학상, 오산문학상, 풀잎문학상, 효석문학상 수상
시집 『그리움을 위하여 가슴 한켠을 비워두기로 했습니다』, 『엇박자』 외 출간

강물은 아는지

이강홍

강물은 어디로 가는지 알고 떠나는가?

세월이 친구를 보내고 이웃과 정을 멀리 하고
흐르다 멈추면 이곳을 벗어날 수도
있다는 것을 알면서도 떠난다

서로 너무 일찍 절망하지 마라

희망도 절망처럼 속을 수 있다

물살이 파도처럼 사납게 일어나면
우린 겁부터 난다 살기위해서 하지만

포기하는 절망처럼 숨 쉬는 것이
인생의 무게에서 더욱 원숙해져

곱게 흐르는 것이 낡아가는 것보다
노년의 삶을 더욱 아름답게 만들듯이

세월에 언지러져 흐르는 넌
어느 누구 인생 같구나

이강홍

월간《한맥》, 계간《문학과의식》등단
한국문인협회 정책개발위원, 서대문문인협회 회장
저서 『이제 말을 하라』, 『바람이 스치고 간 흔적』,
『나는 또 수작을 건다』, 『가려진 세상』

강가에서

이오례

결 고운 바람은
강 언저리 돌아 침묵을 깨운다
풀잎 움켜잡고 일어서는
강나루 언덕

갈망의 나날 저편에 세워두고
일렁이는 마음 밤새
붙들고 싶었을 게다

흔들리는 산 그림자
강 가슴에 기대어
퍼렇게 애가 타는데
겹겹이 굽은 시간 흘러 보내 듯
되돌아오지 않는 강물은
저 혼자
퍼런 울음 삼킨다

이오례

계간지 《시마을》 등단
한국문협, 한국시협, 국제펜클럽한국본부 회원
목란문학회명예회장, 광명지부회장
시집 『날개달린 벽』 외 다수

강물의 길

정관웅

어둠이 내려도 하얀 빛을 내뿜고 있다
먼 곳을 바라보며 꿈을 키우지만
목적을 추구하거나 앞서 다투지도 않는다
물이라면 본디 투명하고 맑아야 하는 것이라고
당신은 하나의 자존심도 두지 않는다
허나 자기이익을 버리기는 쉽지 않다
높은 것을 흘려 낮은 곳으로 채우며
온몸이 부딪쳐서 조각난 상처
고여 있지 않고, 끊어지지 않는 정결의식
귀하게 얻은 생명 그것만으로도 행복이라고
오늘도 목숨 걸고 사는 그 모습을 보며
나는 눈을 감고 수도꼭지를 틀었다
강물의 길

정관웅

계간《시선》신인 발굴 시 당선
강진문학상 수상
한국문인협회강진지부장, 전남문인협회 이사, 전남시인협회,
전남수필문학, 모란촌 등 회원
쉼요가명상센터, 힐링코칭상담연구소 운영
시집 『강물이 되고 싶다』, 『희망, 너는 어느 별이 되어 숨어 있을까』
저서 『삶을 가꾸는 요가 산책』

삼강주막

초향 조평진

어렵게 찾아간 곳 외딴 집 초옥에는
주모의 종종걸음 아쉬워도 볼 수 없고
스쳐간 애환의 곡절만 강둑 위를 서성인다

거룻배 떠나간 뒤 꿈꾸는 나루터에
철따라 오가던 객 기약 없어 서러웁고
힘 부친 회화나무만 세월 속에 앓고 섰네

어우러져 흐르던 강 옛 임도 그리울까
유옥연 할머니의 회한의 삶 돌아보려
빛바랜 그 옛날 찾아 취해 보는 막걸릿잔

조평진

한국문인협회 외 9개 문학 단체 활동
시조문학 올해의 작품상 외 6개 부문 수상
시조집 『추억은 풍경 속에 머물고』 외 2집, 동인지 다수

고래는 돌아오지 않았다

어안 최상호

마음도 첩첩하여
골 따라 여울 된다
때로는 폭포이다가
마침내 강물이다
흐르며
지우고 쌓아
삼각주도 이룬다

얕으면 난류 되고
깊으면 한류 되는
마음 속 물줄기는
어디서 거울 될까
고래는
아직 저 멀리서
돌아오지 않았다

최상호
제84회 월간문학 시조신인상
한국문협경북지회 시조분과위원장, 영주지부 회원
시조집 『백팔배를 올립니다』 외 5권 상재

尚州文學

특집 IV. 낙강시제 문학 강연

문효치
장윤익

시와 여행

문효치

● 여행이 우리에게 주는 것
  – 자유, 일상으로부터의 일탈, 방랑의 즐거움
    그 외에도 현장에 대한 지식이나 지방색 등

● 여행은 보다 높은 경지의 독서
• 이 세상은 다양한 내용을 담은 책
• 人解讀有字書 不解讀無字書 (채근담)
• 지식을 얻기 위해서 그저 돌아다니는 것만으론 세상이란 책의 진면
  목을 발견할 수 없다. – 여행에 대해서 생각하는 기술을 알아야 한다.
  (루소)
• 이것은 곧 몸만의 편력이 아닌 정신의 편력이어야 한다. (이어령)
• 여행이란 몸은 밖을 향해 떠나고 있지만 기실 문자 없는 책을 통해
  자기 내면의 의식 속으로 들어가는 길이며 자신의 삶을 새롭게 발견
  하고 창조하는 길이다.

● 시작과 관련하여 경험을 분류하면
  ① 지리적 여행 – 몸의 물리적 이동에 따라 현장에서 대하는 모습을
운문의 형태로 전달하는 것

물새는 하늘 위를 날고

달빛은 수면 위로 내리네

임 찾아가는 배 한 척

홀로 외롭기만 한데

아름다운 호수에 오면

그대 그리워지네

− 「경포호」

그녀와 함께

전나무 숲길을 걸었네

달빛은

전나무 머리 위에

하얗게 비치고

우리는

이 숲길에서

저 아름다운 달에 대해서

이야기 하며 걸었네

(언덕 위로

달은 오르고 있었는데)

잠시 그녀는 전나무에 몸을 기대고

달을 향해 얼굴을 들었네

언덕 위로 오르던 달도
우리를 바라보고 있었네

— 「월정사에서」

* 그 지역에서 본 것을 거의 변형시키지 않고 그대로 재현했을 뿐이다.

② 사색적 여행 – 물리적 이동+지방의 특별한 정보
여행지에 가서 그 지방의 지역적 문화적 특이점을 운문 형태로 기록
한 글

다도해 해상국립공원의 한 섬
병자호란의 아픔을 피해
시선 윤선도가
세연정 낙서재 무민당 동천석실을 지어
이상향을 꾸민 곳

어부사시사 노랫소리에 맞춰
동대 서대의 무희들 춤을 추니
새들도 날아와 함께 춤추었네

격자봉에서 흘러내리는 햇빛
마을을 비치니
한 송이 커다란 연꽃이 되는 듯

그래서 마을 이름이 부용동

(이하 생략)

　　　　　　　　　　　　　　－「보길도」

　＊ 이 시도 역시 그 지방의 문화적 특색 혹은 정보를 시인의 상상적 사고의 개입 없이 그대로 전하고 있을 뿐이다. 다만 기록으로서 가치는 있다.

　③ 창조적 여행 – 그 지역의 특색과 환경을 상상적 세계로 이끌어 새로운 세계를 구축하는 작업

길은 물 위에 떠 있다
나는 비암처럼 달빛처럼 피리소리처럼
하여튼 무엇이든 긴 몸뚱이가 되어
그 길을 붙잡는다

칙– 폭–
기차놀이처럼 즐겁게
물의 나라를 지나
기차는 물소리 첨벙거리며

저 외계의 노란 별 위에
고스란히 남아 있는
유년의 나라로

거기 금빛 뚜껑을 열고
나를 맞아주는
원시의 푸르른 수림

내 기억의 밑창
겨우 잊혀지지 않고 남아 있는
그 청정의 나라로 가는 길이다

        – 「우포 가는 길」

＊ 물, 청정 등을 제외하고는 새로운 상상의 세계를 구축하고 있다.

바닷물에 젖은
어둠이
내 살 속에 들어와 있던
물새 한 마리
지우고 있다

내 뇌 속에 고여 있던
종소리 한 떨기

내 피 속에 섞여 있던
햇빛 한 다발

내 뼈 속에 짓고 있던
절 한 채 지우고 있다

바닷물에 젖은
걸쭉한 어둠이
내 속을 걸어다니며

저기 아득한 시간
그 바깥의 머나먼 나라로
나를 밀어내고 있다

　　　　　　　　－「망해사 밤」

　＊ 밤의 어둠이 낮에 보았던 모든 것들을 다 지우고 있다. 낮에 본 것들은 허상일 뿐 아득한 시간 속에서 나는 아무것도 아님을 말하고 있다.

　④ 사물 탐색의 여행–시인은 고도의 정신노동자 – 세심한 관찰력과 수월한 상상력으로 사물을 대해야 한다. – 현미경적인 시각 또는 망원경적인 시각이 요망된다.

바람의 껍데기를
한 꺼풀 벗겨보면
보리 누른 밭
노고지리 날갯죽지의 싱그러운 풀 냄새

여름 가시내의
살찐 가슴
무르익은 노을 밑의
출렁이는 강물도 흐르고

또는
허물리는 달빛의
무너지는 성곽의
짓밟히는 사랑의
신음소리 들리고

                        － 「바람·Ⅲ」 중에서

눈물 속에 숲을 키운다

달빛 후륵후륵 내려
촉촉이 젖은 숲이
온몸을 반짝이며 자라고 있다

이제는 멀리 날아가 버린
어치 동박새나
왕잠자리 호랑나비 등 속
호박꽃 꽃술로 문질러 채색하며
숲의 겨드랑이로 불러들인다

푸른 하늘에 입김을 섞으며
낮달과 함께
얕은 언덕을 채우고 있던
네 얼굴은

언젠가 기억 밖의 미궁으로

사라져 버리고

그 자리에 나무들 엎드려

나무 위에 나무 나서 자라고

나서 자라고

눈물방울 속에

자라는 숲은 익어 익어

견고한 보석이 된다

– 「그리움」

＊ 이렇게 시인은 사물을 새롭게 인식한다. – 하나의 사물에서 일상적
이지 않은 새로운 세계를 만난다.

문효치

1966년 한국일보 및 서울신문 신춘문예 당선
시집 『무령왕의 나무새』 『왕인의 수염』 『별박이자나방』 등 11권
펜문학상, 김삿갓문학상, 정지용문학상 등 수상
한국문인협회 시분과 회장, 국제펜클럽 한국본부 이사장 역임
현재 계간 《미네르바》 주간

이규보의 「동명왕편」과 한국문학의 뿌리

장윤익

1. 앞말

이규보는 고려 의종–고종 시대 낙강(洛江)을 소재로 이십여 편의 시를 창작하여 이 지역과 인연이 깊은 문인입니다. 그의 「동명왕편」은 민족 서사시로서 우리 문학의 뿌리를 찾은 작품으로 높이 평가되고 있습니다. 그는 「동명왕편」의 서문에서 창작의 동기를 다음과 같이 말하고 있습니다.

> 이름 없는 남녀들의 입에까지 자주 오르내리며 「구삼국사(舊三國史)」에 기록된 동명왕의 신이(神異)한 일들을 김부식이 『삼국사기』에서 아주 약기(略記)한 것을 통탄하고 이를 시로 지어 천하인(天下人)으로 하여금 우리나라의 근본이 성인(聖人)의 나라임을 알게 하겠다.[1]

그의 창작 취지는 거란과 몽고에 대한 사대적 외교에 반대하는 민족주체의 확립, 자주성을 지닌 새 역사를 만들려고 하는 정신자세의 확립을 위한 건국신화의 재현에 있었던 것으로 보입니다.

오늘 드릴 말씀은 이규보를 통해서 한국문학의 뿌리를 찾아보자는 데

---

1) 박두포, 『동명왕편, 제왕운기』(을유문화사, 1974, 서울), 21쪽.

있습니다.

2. 한국문학의 뿌리, 건국신화

1) 시와 신화의 관계

　고대인들은 나라를 세울 때 건국영웅을 신성화(神聖化) 하는 신화를 통해 건국의 당위성을 나타내려고 했습니다. 고조선의 '단군신화(檀君神話)'로부터 고구려의 '동명왕신화(東明王神話)', 신라의 '박혁거세신화(朴赫居世神話)', 가야의 '김수로왕신화(金首露王神話)' 등 우리의 고대 신화들은 신에 대한 이야기로서의 신화적 가치와 문학적 가치를 동시에 지닙니다.

　로마의 '로물루스·레무스건국신화', 호머의 서사시, 몽골의 영웅서사시 「게세르칸」에 나오는 신화들이 모두 서사시로 되어 있는 것처럼 단군신화를 비롯한 우리의 건국신화들도 고대인들의 인생관·우주관을 대변하는 서사시 양식으로 되어 있습니다. 따라서 모든 신화는 시작심리(詩作心理)로써 창작된 예술작품의 성격을 지니고 있으며, 시의 형식을 빌려 건국의 당위성을 표출한 것이 건국신화라고 말할 수 있습니다.

2) 한국 서사시의 뿌리 '단군신화'

　삼국유사에 기록되어 널리 일반에게 알려진 단군신화를 비롯한 우리의 건국영웅 신화는 스키타이, 몽골의 게스르칸 영웅서사시, 티베트, 만주의 에벤키 신화와 매우 유사합니다.

　위의 신화들은 대다수가 서사시의 형식을 취하고 있습니다. 영웅의 이야기는 시의 리듬과 춤을 수반함으로써 종족의 단결과 영웅의 신성함을 구현했습니다.

한국의 건국영웅 신화는 중앙아세아 알타이 어족이 동서로 갈라져서 이동하는 시기에 토템신앙과 연계된 영웅 이야기로 등장합니다. 단군신화는 그러한 민족이동 과정에서 신성성(神聖性)을 지닌 영웅이야기라고 말할 수 있습니다.

고대인들은 탄생의 문제를 신비화하고 정결화(貞潔化)시킴으로써 건국영웅을 신격화했습니다. 단군과 웅녀의 결합은 천신과 동물신의 결합으로 해석할 수 있습니다. 이것은 하늘에서 내려온 태양의 아들, 즉 천신을 숭상하는 천신족(天神族)과 곰을 토템 신앙숭배 하는 곰족(熊族)과의 결합으로 볼 수 있습니다. 단군이라는 신성한 건국시조가 탄생하기 위해서는 동굴 속에서 부정과 잡물을 쫓아내는 마늘과 쑥을 먹고 탄생의 신비를 기다리는 과정이 필요하고, 이러한 탄생의 신성현시(神聖顯示)는 동명왕과 박혁거세의 난생신화(卵生神話)에도 나타납니다.

단군신화를 비롯한 한국의 건국신화는 고려시대 이승휴의 「제왕운기(帝王韻記)」, 조선시대의 「용비어천가(龍飛御天歌)」, 서사무가(敍事巫歌)를 거쳐 김동환의 근대서사시 「국경의 밤」으로 이어지는 한국 서사시의 뿌리가 됩니다.

'단군신화'에 등장하는 곰은 민족 이동 시기에 토템신앙으로 추앙받던 동물입니다. 또한 로마의 건국신화에 등장하는 이리는 라티움 주변의 토템신앙으로 추앙받는 동물입니다. 토템신앙으로서의 이리와 곰은 지역에 따른 대상동물의 차이만 있을 뿐 외경(畏敬)의 심리에 있어서는 공통성을 지닙니다.

이런 점에서 단군신화는 알타이어족의 민족이동 시기에 나온 무가적 성격을 지닌 건국 영웅서사시로서 한국문학의 뿌리가 된 예술작품으로서의 가치를 지니고 있습니다.

3) 천강일자 '동명왕·박혁거세' 신화

'동명왕 신화'와 '박혁거세 신화'는 '단군신화'처럼 천강일자에 속하는 신화입니다. 두 신화는 난생신화(卵生神話)로서 탄생의 신성함을 나타내고 있습니다. 또한 동명왕신화, 로마의 건국신화, 나르트신화 등은 기자형(棄子型)이라는 공통성을 지니고 있어서 탄생의 신비와 버려지는 기자(棄子)의 운명은 동서양 신화의 유사한 모습입니다.

로마의 건국 영웅 '로물루스'와 '레무스' 쌍둥이 형제는 산속에 버려지는 기자(棄子)의 운명에 처해지나, 이리의 젖을 먹고 자라게 되어 마침내 로마를 건국한다는 것이 로마의 건국신화 내용입니다.

동명성왕은 수신(水神) 하백(河伯) 딸 유화(柳花)와 하느님의 아들 해모수(解慕漱)의 결합에 의해 알(卵)에서 태어나 버려지는 기자(棄子)의 운명에 처해졌으나, 어려움을 극복하고 고구려 건국의 영웅입니다. 영웅 탄생의 신비는 고대인들의 우주에 대한 외경(畏敬)의 심리이며, 하늘과 지상을 연결하는 사자(使者)인 새의 알(卵)은 세계와 우주의 원형이 됩니다. 박혁거세 신화에서 볼 수 있는 난생(卵生)의 의미도 같은 성질의 것입니다.

4) 기구(祈求)와 성의식(性儀式)의 '김수로왕 신화'

우리 국문학계는 '김수로왕 신화'를 서사시로 인정하고 있습니다. 장덕순 교수는 한국신화가 서사시이며 '김수로왕 신화'도 천강일자의 하강을 노래한 서사시라는 견해를 피력합니다.

『삼국유사』에는 우리의 옛 왕조의 건국신화가 많이 채록되어 있지만, 신화와 서사시가 교향악처럼 장엄한 효과를 나타내는 것은 가락국시조 수로(首露)의 하강(下降)과 이를 환영하기 위한 민중들의 합창으로 그 의미를 부여한다.[2]

장덕순은 『삼국유사』에 실린 신화들 가운데 '김수로왕 신화'는 민중들이 함께 참여하여 노래하는 무가의 성격을 잘 나타낸 신화로 보고 있습니다. 이러한 종족집단의 노래에서 창조된 영웅의 이야기는 세계의 모든 지역에서 나타난 문학의 공통적인 양식이며, 그것은 서사시의 내용과 형태로 구송된 것입니다.

정신의학자 이규동(李揆東)은 '김수로왕 신화'에 나오는 「구지가」를 무가적 양식과 아울러 남근숭배(男根崇拜)의 대상으로 힘과 정력을 상징하는 신탁(神託)을 받은 제사장의 하강을 위한 기구(祈求)와 성의식(性儀式)의 신비를 상징하는 노래[3]로 규정합니다.

위 학자들의 견해는 '김수로왕 신화'가 서사시로서 신화적 의미는 물론 문학적 의미가 매우 크다는 것을 시사하고 있습니다. 한국문학의 출발이 된 건국영웅 신화는 오늘의 한국 현대문학에도 상당한 영향을 끼치고 있습니다.

---

2) 장덕순, 『한국고전문학의 이해』(일지사, 1973), 12쪽.
3) 이규동, 「김수로왕의 탄생신화 및 영신가(迎神歌)의 정신분석적 연구」, 〈정신신경의학〉 제9권 제2호, 132쪽.

3. 마무리

단군신화를 비롯한 한국의 건국신화는 신화적인 성격만을 지니고 있는 것이 아니라 신화서사시로서 한국문학의 뿌리가 되어 있습니다. 세계의 대다수 건국신화들은 신탁을 받은 천강일자, 해양으로부터의 온 영웅, 알(卵)에서 탄생한 영웅을 주인공으로 하고 있습니다. 기자형(棄子型)의 영웅들은 토템의식에서 동물과 연계되며, 로마의 건국신화, 스키타이의 '나르트 신화', 몽골의 '게세르칸신화' 등의 내용과 거의 유사합니다. 또한 서사시로서 민족문학의 뿌리가 되고 있다는 것도 일치합니다.

단군신화를 비롯한 우리의 신화서사시가 존재함으로써 그 이후의 고려, 조선, 근대의 서사시와 오늘의 한국 현대서사시도 가능해진 것입니다.

장윤익

1972년 중앙일보 신춘문예 등단
문학평론가
동리목월문학관 관장
평론집 『지방화 시대의 문학』 외

尚州文學

尙州文學

특집 Ⅴ. 달성문인협회 초대

염

김청수

죽은 친구를 염한 적이 있다
그때 난 아버지의 심부름으로 밭에 가던 길이었다
돌담 너머 돌이 엄마 통곡 소리를 듣고
나는 돌이가 죽었다고 직감했다

돌이는 이름 그대로 머리가 크고
돌망치를 가진 이마를 가지고 있었다
이웃에 흑백텔레비전이 들어오던 날 돌이와 구경을 갔다
형들은 돌이를 보고 축 담에 있던 넓고 커다란 돌을 이마로 깨면
방으로 들여보내 준다고 하여 돌이는 그 돌을 이마로 깼다
나는 놀라 돌이 이마를 살폈는데 피는 나지 않았다
그때 그 시간 텔레비전에는 김일 선수가 레슬링을 하고 있었다

돌이는 일 학년도 다 다니지 못하고 소아마비로 학교에 갈 수가 없
었다
돌이의 동생도 똑같은 병을 앓다 일찍 죽었다
돌이 부모님은 돌이를 업고 전국 용하다는 병원은 다 다녔다
하지만 고칠 수 없는 그 병은, 스무 살이 되기 전에 죽는다는 소문
이 돌았다
점점 다리에 힘이 없고 약해져 바깥출입을 할 수 없었고
나는 학교 갔다 오면 돌이한테 책도 읽어주고 ㄱㄴ…… 글도 가르
쳐주었다

돌이네 집은 떡 방앗간을 했다
가마솥에는 늘 콩을 삶아 두부를 만들었다
내가 돌이와 놀아주고 돌아올 땐 비지를 몇 덩이 얻어오면

할머니는 김치를 넣고 비지찌개를 만들어 주셨다
어느 날 돌이가 방에서 오줌이 마렵다고 불러 쪽문을 열려고
가마솥 뚜껑에 발을 디뎠다가 솥뚜껑이 미끄러지는 바람에
끓고 있던 솥 안으로 내 발이 빠졌다
순간 아득했다 나는 울면서
훌러덩 벗겨진 발등의 껍질을 참담한 마음으로 보았다
나는 넋 빠진 돌이 엄마를 겨우 일으켜 세워
몸이 더 굳기 전 돌이를 묶어야 한다고, 장롱 어딘가에서 찾아 낸 광
목으로
어릴 때 할아버지 할머니 염하는 걸 본 그대로 돌이를 묶었다
돌이가 하늘나라로 갈 시간, 마당 가 담장 위로
매화꽃잎이 바람에 흔들려 흰 눈처럼 흩어지고 있었다

김청수
1966년 경북 고령 개실마을 출생
계간《시와 사람》봄호 신인상 수상(2014)
함시 동인으로 활동
계간《시와 늪》편집위원, 달성문인협회 편집장,
대구문인협회 회원
시집 『차 한 잔 하실래요』, 『생의 무게를 저울로 달까』,
　　『무화과나무가 있는 여관』

상실

김임백

다리 다친 비둘기 한 마리
빵 한 조각 던져주자
순식간에 나를 에워싼 비둘기 떼
가진 빵 다 주고 돌아서는데
고맙다는 듯 구구구구

신암공원에 줄지어 서서
자원봉사자들이 퍼 주는
국밥 받아먹는 노숙자들
허기진 뱃속 달래주고 있는데
소문 듣고 몰려온 비둘기 떼
힐끔힐끔 눈치 보고 있다

여기 여기 다 모여라
인심 넉넉하게 퍼주는
자원봉사자들의 환한 미소
'한 그릇 더요' 멋쩍게
시커먼 손 내미는
국밥 냄새 가득 퍼진 공원

가로수는 구걸 없이
줄 서서 지켜보고 있고
바쁜 구름은 본 척 만 척
스쳐 지나간다

받아먹는 것에 익숙한 그들
한통속인 비둘기들
높게 비상하던 날갯짓 어디로 갔나
포동포동한 몸 뒤뚱거리는 몸짓
햇살이 넌지시 눈총 주고 있다

김임백
동아연합신문 신춘문예 시 부문 당선(2014)
시인, 수필가, 시낭송가
한국문인협회, 대구문인협회, 달성문인협회 회원
한국문학인협회문학상 대상, 허균문학상,
허난설헌문학상, 황희문화예술상, 통일부장관문학 대상
시집 『햇살 비치는 날에』 외 공저 다수

행복의 열쇠

김은수

한밤중
어둠을 깨우는 당신
말없이 건네는 열쇠 하나

감사의 맘으로
문을 열었습니다
순간 눈부신 빛줄기
원 안의 나를 풀어놓습니다

시작과 끝
빛과 어둠 그리고 그림자
미움과 원망과 절망의 고삐는
쪽빛 바다 밑바닥으로 사라집니다

이아침
아직 잠든 당신께
솟아오르는 열반의 합장으로
열쇠 하나
손에 쥐어 드립니다

김은수
경북 의성 출생
《시사문단》 신인상 등단(2003)
한국문협, 대구문협, 경북문협 회원,
의성·달성·21세기 생활문학인협회 부회장
시집 『모래꽃의 꿈』, 『하늘 연못』

법거량

김욱진

비슬산 도성암 부처님 뵈러 가는 중,
염주 알 주렁주렁 목에 걸고 서있는
고욤나무보살 만나
합장 삼배하고 엎드려
고욤 한 알 한 알 주워 먹다
텅 빈 고요 다 삼킨
고욤 따먹고 싶어
나뭇가지 가까스로 손닿는 중,
포행하고 돌아가던 스님 한 분
내 손가락 훔쳐보며
누구요? 하고 소리치는 중,
묵언정진 하던 고요
문풍지처럼 바르르 떤다
탁발 나온 고양이 한 마리
두 눈에 불 켜고
저녁 공양 중인 부처님
밥상머리 꿇어앉아
어느 중의 마음
참마음이요
묻는 중

김욱진

1958년 경북 문경 출생, 2003년 《시문학》 등단
한국시문학문인회, 대구문협, 대구불교문협 회원
한국문인협회 달성지부 회장 및 이슈&논술 편집자문위원
역임
현재 협성중학교 교사
시집 『비슬산 사계』(2009), 『행복 채널』(2013)

100년 꽃피는 달성

이세진

누구나 저마다
꿈 하나 키우며 살아갈 것인데
소신껏 크고 작은 꿈 하나 키우며 살다가
소기의 목적을 달성했을 때
남모르는 희열 맛보는 것인데
젊은 날 나에게도
작은 꿈 하나 있어
분주히 푸른 창공 날갯짓했지만
돌이켜보면 조각난 사기그릇 파편처럼
한낱 망상에 젖어 있었을 것인데
길 잃은 기러기처럼 떠돈 타향
얼큰한 매운탕에
한잔 술로 눈물 찔끔 흘린들
강물 탓할 수 없는 노릇
그래도 천행
젊은 날 이루지 못한 꿈 하나 끝내 달성하려고
100년 꽃피운 달성
또다시 천 년 꽃피울 누세 보금자리
누구보다 먼저 내가
둥지 틀어 힘찬 날갯짓 하는 것인데

이세진

안동 출생
《시와 사람》으로 등단
대구문학 및 달성문인협회 회원, 함시 동인
시집 『저녁 무렵 구두 한 켤레』 외

두 마음

우남희

할머니가 시장 모퉁이에서
꽃을 판다

할머니는 종일
손님을 기다리고

꽃은 종일
벌 나비를 기다리고

우남희

한국동시문학회, 대구문협, 달성문협 회원
대구시문화관광해설사, 중구골목문화해설사
매일신문 시민기자, 달성군블로그 기자
동시집 『너라면 가만있겠니?』

그냥 웃지요

최애란

삼키고도 배설하지 못한
일방적으로 쏴붙였던 독설이
삼 남매의 어설픈 우애가
준비되지 않은 아버지와의 이별이
뇌 시상에 눌러앉아 17mm까지 자라났다

횡설수설한 세상과 달리
명징하게 들이대는 PET-MR
탄 속내를 하얗게 보여 준다
침묵의 항변에 조급해진 가족은
남다른 결속력을 과시하며 번질나게
모여들었다 앞날을 예견한 각본에 힘입어
수술마저 할 수 없는 게 아닐까

곳간에 일평생 시름만 쌓아 놓더니
이제 기억의 방까지 넘보고 있다
머릿속까지 하얘진 엄마를 쳐다보며
웃는다

그냥 웃는다

최애란
달성문인협회 회원

구절초

문소윤

아버지 무덤 앞 허리 굽은 구절초
찬바람 부니 한 잎 두 잎 떨어진다
와자지껄 성묘 온 자식들 소리에
접힌 허리를 곧추며 하얗게 웃는 아버지
낯선 생활이 적응되어 가는지
편안하게 절을 받으시고
그간의 소식에 귀 기울이신다
특히 어머니의 오랜 병상이 밟히셨나
소주 한 잔 단숨에 들이켜고
오징어 다리를 잇몸으로 우물우물하신다
여든이 넘으신 아버지에게
치과 치료가 어렵다는 의사의 말을 듣고도
제 것 무엇 하나 내드릴 수 없는 속내들
그래요 그냥 계시다 떠나세요
눈보라 몰아치면 온몸 쓰러져갈 구절초
묏등 한 바퀴 잡초를 솎아내는데
담배 연기 길게 뿜어내며
어여 내려 가거라 훠이훠이 손사래 치는
희미한 아버지

문소윤
달성군 화원읍 거주
《시문학》 등단
시집 『피어라, 꽃』

가을의 소리

성용환

비슬산 양지바른 언덕에 자리한
내 고향 산촌에 하얀 무서리 내리면
훠이~ 훠이~
참새 떼 쫓는 소리로 가을은 시작된다

와롱~ 와롱~ 수동 탈곡기 힘찬 소리
마당에는 금세 커다란 벼 무덤이 생긴다
"북데기* 챙길 때 나락* 좀 많이 넣어라"
아버지의 그 말뜻을 이해하는데
그렇게 오래 걸리지 않았다

삼복더위에 땀 흘려 지은 곡식
빚쟁이들에게 모두 빼앗기고
기껏 우리 몫은 그 북데기뿐이었던 것이다
장리쌀*로 배를 채우던 나의 유년시절의
아픈 가을은 그렇게 끝이 났다

반세기가 훌쩍 지난 지금
새삼 그 가을의 소리가 그리운 것은 무슨 까닭일까?
새벽바람이 유난히 찬 이 아침에……

*짚북데기: 벼 탈곡 시에 떨어져 나온 벼 이삭과 볏 잎 부스러기
*나락: 벼를 일컫는 경상도 방언
*장리(長利)쌀: 일 년에 오 할 정도 되는 이자로 빌린 쌀이나 벼를 현물로 갚는 것

성용환

달성군 출생
《좋은문학》으로 등단(2007)
좋은문학 신인상 및 한국문학상 수상(한국문학인협회)
한국문인협회, 대구문인협회, 달성문인협회 회원,
누리문학 영남지부장
공저, 시목 외 다수

마지막 수업

신표균

슬픈 별들 바다로 쏟아지던 날
진도 앞 바다는 요동치고 태양은 빛을 잃었다

십 센티미터 앞도 보이지 않는 흑암 속
모든 길은 '세월' 의 두꺼운 철벽에 갇혀
바다 밑으로 침몰하는 순간
애오라지 눈 먼 한 길 꿈결에 움켜잡고
심장으로 부르는 마지막 절규
엄마-!

저 먼저 도망칠 길 막힐까 선실에 아이들 가둬 놓고
"꼼짝 마!"
악마의 미소 숨긴 채 속옷 바람으로 뺑소니 친 선장의 그 길은
마지막 수업 시간에 가르치는
어른들만의 길인가요

하늘도 땅도 통곡의 바다로 모인 이 잔인한 4월엔
꿈결 밖에는 길이 없는 건가요
꿈결이라도 좋으니 돌아오라는 말 대신
보이지 않는 길을 열어 주세요

바닷물에 떠내려가는 이름표
초롱초롱한 눈망울 찾아 한 사람 한 사람
출석 불러 주세요
선생님……

신표균

경북 상주 출생
《심상》으로 등단
대구문인협회 부회장, 한국문인협회 달성지부 회장
시집 『어레미로 본 세상』, 『가장 긴 말』, 『참꽃』(편저),
　　　『달성 100년 참꽃 1000년』(편저)
논문 「김명인 시의 길 이미지 연구」 외

가을 속을 거닐며

윤종숙

길 가 나무 벤치에 햇살을 받으며 앉아 있다. 내 앞을 지나가는 사람, 내 쪽으로 향해 오는 사람, 수많은 사람들 사이로 톱니바퀴는 끝없이 세월을 누빈다. 링거병과 소변 줄을 매단 폴대를 밀며 병동 복도를 오가는 환자들, 침대에 실려 수술실로 향하는 환자들, 밤새 신음소리를 내며 잠을 설치던 그 많은 환자들의 모습이 영상처럼 스쳐간다. 함께 투병하다가 유명을 달리한 사람들도 아프게 떠오른다.

한 말기 암 환자가 말했다. 내가 부럽다고. 다음날 그녀는 딸의 부축을 받으며 자기 집 가까이에 있는 호스피스 병동으로 옮겨갔다. 그 이후, 내가 부럽다던 그녀의 말이 문득 문득 생각나곤 한다. 비록 암 초기 단계이긴 했지만 대수술을 받고 주사바늘을 혈관에 꽂고 그 독한 항암제를 투여하고 있는 내게 부럽다니. 이미 항암제도 쓸 수 없이 병이 깊어버린 그녀, 얼마나 생존이 절실했으면, 마음이 울컥했다.

오십을 갓 넘긴 나이에 비록 깡마르고 초췌했지만 흰 살결에 반듯한 용모를 가졌고, 힘겹게 언뜻 언뜻 내비치곤 하던 살아 온 이야기 속에서 교양과 영민함이 느껴지던 그 젊은 생명이 아깝고 안타까웠다. 내가 항암치료를 끝내고 퇴원한지 넉 달 째로 접어드니 지금쯤 그녀는 이 세상에 남아있기나 한 것일까?

상념을 펼쳐들고 걷다보니 어느 새 수목원 나무 길을 걷고 있다. 가을이 깊어 가는가. 햇살 고운 시월의 가슴 속으로 낙엽들이 우수수 떨어져 오가는 발길에 채이며 뒹굴고 있다. 어디 윤회하는 것이 인간뿐이겠는가. 천지 만물이 항상 그대로인 것은 하나도 없다. 그래서 무상(無常)이다. 무상은 한 가닥 허무한 감상이 아니고 실상 그 자체이며 불변의 진리이다.

3주 만에 한 번씩 받는 항암치료 2회째가 다가올 무렵부터 머리카락이 콩나물이 시루에서 뽑히듯 쑥쑥 빠져 감당할 수가 없게 되자 나는 미용실을 찾아가 삭발을 했다. 그 누가 무명초라 했던가. 바리깡으로 머리를 밀고 어깨를 두른 가운 위로, 바닥으로 떨어지는 머리카락들, 무명초들.

나는 우울하긴 했지만 비교적 담담했다. 의사로부터 암이라는 소리를 들을 때도, 항암치료를 할 때도 흔히들 얘기 하는 하필이면 내가 왜? 라는 분노와 상실감도 일어나지 않았고 곁에서 많은 가족과 친지들의 격려 때문이었는지, 크게 억울할 것 없는 나이 때문이었는지 아무튼 담담하게 잘 겪어낸 것 같다.

무슨 업보로 늘그막에 이런 고통을 당해야 하는가 하는 자괴감은 있었지만 그에 못지않게 내가 짓지 않은 것은 내게 오지 않는다는 인과(因果)의 도리를 곱씹으며 죽고 삶은 명에 있고 내게 닥치는 모든 것은 무시광대 겁을 윤회 전생하면서 언젠가 반드시 지은 업의 결과란 사실을 받아들여 순응하기로 마음먹으니 오히려 마음이 담담하고 편안했다. 치료가 괴롭고 힘든 순간엔 '이 또한 지나가리라.' 그 한 구절을 부여잡고 그 시간들을 버티어내기도 했다.

암은 완치가 없고 관리해야 하는 병이라며 의사가 지시해준 대로 지금도 가끔 기차를 타고 먼 길까지 병원을 드나들지만 그래도 이젠 먹구름의 터널을 벗어나 환한 가을 햇살 한 복판에 우뚝하게 살아서 병실 창밖으로 그토록 그리웠던 바깥세상을 걷고 있다.

이렇게 살아있어 예쁜 모자 쓰고 가을빛 닮은 스카프 펄럭이며 두 다리로 걷고 있고 멋들어지게 휘어진 소나무들과 청아한 새소리를 배경으로 곱게 물들어 가는 잎들을 바라볼 수 있음이 새삼 감사하다. 저 낙엽처럼 말라 스러져 간 생명들에 가슴 아파하며 지금도 수많은 병동에서 신음하는 셀 수 없이 많은 환우들이 속히 쾌차하기를 빌어보며 병실에서 느낌대로 끄적여 본 글을 떠올리며 되뇌어 보았다.

　　자궁, 난소 다 들어낸
　　빈궁마마들
　　철거한 상흔으로 잔뜩 등 구부리고
　　아랫배 복대 매고
　　병동 복도 오락가락 옛집을 더듬는다

　　포근히 보듬어 키운 자식들 떠나보내고
　　이제 빈 방마저 들어낸 여인이여
　　애착을 찢듯
　　살점을 도려내 봐도
　　동굴 같은 허허로움

　　유방암
　　난소암
　　자궁암 여성병동
　　항암제로 머리카락 빡빡 밀은
　　그대 빈궁마마여

여인의 원죄인가

여성병동 복도에
끊임없이 이어지던
여인이여, 여인이여

　가을 속에서 하염없이 날개 돋아 오르는 상념을 가르고 곱게 물든 단풍 잎 하나 포르르 포물선을 그리며 포도 위에 살포시 내려앉는다.

윤종숙
《문학공간》으로 등단
공간수필, 수필문학 회원
진각문학회 회장 역임
한국문인협회 회원

대견사지에서

서정길

　대구 시가지에서 바라보면 동남으로 길게 이어진 준령이 있다. 팔공산과 함께 대구를 둘러싼 비슬산(琵瑟山)이다. 정상의 위엄은 시내에서 현풍 방면으로 30킬로미터 가량 달려가야 볼 수 있다. 암벽으로 둘러쳐진 형상이다. 정상은 억새가 장관을 이룬다. 몇 십 번을 다녀왔지만 그 유혹은 쉽게 뿌리치지 못한다. 가까이 다가갈수록 주봉은 모습을 감춘다. 부처님의 마음처럼 볼 수가 없다. 신선이 거문고를 타는 모습과 닮았다 하여 비슬산이라 한다. 오르면 오를수록 신비감이 더해지는 명산은 천년의 불심을 품고 있다.

　걸음을 재촉하면서도 시야에 들어오는 가을풍광을 놓칠 수가 없다. 불어오는 바람에도 가을향기가 묻어나는 것만 같다. 수 만 년 동안 제자리를 지키는 너덜겅은 상념에 잠긴 듯 미동도 하지 않는다. 다만 고추잠자리 무리가 너덜겅 목덜미에 앉아 쉼 없이 말을 건네고 있다. 아마도 무르익는 가을 축제를 함께 즐기자는 속삭임일 것이다.

　목덜미를 적시는 땀을 식혀 갈 요량으로 개울가서 심호흡을 한다. 시원한 맥주로 목을 축이는 것처럼 폐부가 시원함에 젖는다. 청옥 빛깔인 계곡물에 발을 담근다. 순간의 전율은 어떤 언어로도 표현해낼 길이 없을 것 같다. 너덜겅이 말없이 수 만 년을 견딘 것도 청량한 옥수에 육신의 허물을 씻어낼 수 있었기 때문이 아닐까.

등산객의 복장도 산야 풍광 못지않게 화려하다. 오십 중반으로 보이는 일행들과 앞서거니 뒤서거니 하며 길동무가 되었다. 군락을 이룬 도토리 나무 사열이 끝난 후에도 한참 더 올랐다. 소나무 숲 초입에는 바위틈에 피어난 구절초의 반가운 인사에 눈길이 머문다. 등산객마다 인사를 건네느라 지칠 만도 한데 연신 눈웃음친다. 얼마나 올랐을까. 땀이 등줄기를 타고 내린다. 숨소리도 제법 크게 들린다.

어느새 온몸은 땀으로 뒤범벅이 되었다. 긴 숨을 몰아쉬며 고개를 드니 조각품처럼 다듬어진 축대 위에 삼층석탑이 나를 향해 손짓한다. 목적지인 대견사지(大見寺址)다. 약 2,800제곱미터 정도의 터가 전부인 이곳에 천년 고찰이 건재했다 한다. 절터 뒤로는 바위가 병풍을 두른 듯 하고 멀리는 호랑이 형상의 주봉인 천왕봉이 버티고 있다. 그 사이에는 백만 제곱미터의 참꽃 군락지가 대평원처럼 펼쳐져 있다. 삼층석탑은 해탈의 경지에 이른 것일까. 깎아지른 듯 바위 난간에 서서 가을바람에 몸을 맡기고 있다.

석탑에 기대어 사방을 본다. 전경은 그지없이 아름답다. 탁 트인 서쪽으로는 굽이쳐 흐르는 낙동강과 가야산이 지척에 있다. 남쪽 능선에는 관기봉이 북쪽 정상 아래에는 한 폭의 그림과도 같은 도성암(道成庵)이 자리 잡고 있다. 그 옛날 관기와 도성 두 선사가 이곳 대견사에서 만나 불법을 논했으리라.

대견사(大見寺)는 천 년 전 신라 헌덕왕 때 창건되었다는 기록이 있다. 원래 보당암으로 불리었다가 세종 때 대견사로 개칭되었다 한다. 고려 말에 일연선사께서 승과에 장원급제 한 후 22세 때 이곳에서 수도 정진하면서 『삼국유사』를 집필했다고 한다. 『삼국유사』의 산실인 셈이다. 군위의 임각사는 선사께서 말년을 보낸 곳으로 제자들에 의해 『삼국유사』

를 발간한 곳으로 알려져 있다.

대견사는 비슬산 중심 사찰로 수차례 중창과 중수를 거듭해 왔었다. 1900년 영친왕 즉위를 축하하고자 중수했지만 1917년에 조선총독부는 대견사가 대마도를 향해 있고 그 기운이 일본을 누른다는 이유로 강제 폐사시켰다고 한다. 비슬산 자락에 백여 개의 사찰이 있었다는 기록만 봐도 이곳이 경주 남산에 견주어도 손색없는 불국토가 분명하다.

싱그러운 햇살이 온몸을 감싼다. 불어오는 넉넉한 바람에 폐부에 쌓인 찌꺼기를 날려 보낸다. 사지에는 우물과 정교하게 쌓은 석축(길이 60m, 높이 4m)과 석탑이 있다. 바닥에 떨어져 있는 기왓장 조각을 집어본다. 지상에는 영원한 것이 없는 걸까. 이 세상에 살아온 나의 발자취도 억겁의 세월이 흐른 후에는 이 기왓장만큼도 남아 잊지 않으리라.

바위 끝자락에 세워진 삼층석탑 맞은 편 바위에 새겨진 '유가심인도'가 햇살을 받아 선명하다. 깨달음의 단계를 표시한 것이라 한다. 범인으로서는 첫 단계에 이르지도 못하겠지만 염화시중의 웃음을 짓는 부처님 마음을 조금이라도 닮게 해 달라며 두 손을 모아 본다. 이 또한 욕심이겠지만…….

얼마 전 대견사 복원이라는 기쁜 소식을 들었다. 2004년 시굴조사를 마친 이래 여러 차례 중창한다는 소식을 들었지만 번번이 빈말이 되곤 했었다. 달성군과 불교계가 중창에 대한 구체적인 논의가 진행되고 있다 한다. 달성군 개청 백년이 되는 해인 2014년에 완공을 목표로 한다니 기대해 볼만하다. 다 지어진 대견사를 상상해 본다.

대견사 중창은 비슬산의 화룡점정이라 할 수 있다. 바위를 병풍삼아 지은 조그마한 도량이지만 『삼국유사』의 산실이기에 천년의 역사가 부활하는 것이다. 어디 그 뿐이랴. 흙 속에 묻혔던 진주를 캐내듯 영롱한 민족의 문화유산이 되살아나고 일제에 의해 말살된 민족정기를 되찾는 순간이 될 것이다. 비록 종교를 달리하지만 대견사 중창에 마음을 모으리라 다짐해 본다.

서정길
《수필과 비평》 신인상으로 등단(2005)
대구 자원봉사 수기 부문 대상
대구문인협회 회원, 대구가톨릭문인회 회원, 대구수필가협회 회원
대구수필문예회 회장(현)
수필집 『알아야 면장하제』

2014 한국문인협회상주지부 사업 추진 내용

일시	사업명	운영내용	장소	참석	비고
1.24.	상주예총정기총회	· 연간운영계획 협의 · 2014 사업계획 안내	상주문화회관 회의실	2명	
1.28.	1월 월례회	· 2014 연간계획 협의 · 2014 문협 보조금 신청 현황 · 2014 월례회 운영 방안 · 2013 경북문협시상식 내용 전달	갈비마트	7명	
2.10.	상주아동문학회 월례회	· 2014 상주시청 보조금 신청 · 회원 작품 합평	나성식당	4명	
2.25.	2월 월례회	· 경상북도립상주도서관 문학강좌 안내 · 2014 벚꽃시화전 개최 협의 - 1인 3편 이내, 3월 15일까지 제출 - 관내 문학 단체도 참여 안내 · 2014 경북문협 정기총회 안내 - 2. 28.(금), 10:30, 김천과학대학 · 도로명 새주소 및 전화번호 제출	갈비마트	8명	
2.28.	2014 경북문협 정기총회	· 2013년도 사업 및 경과보고 · 감사보고, 2013년도 경비 결산보고 · 2014년도 경북문협 사업계획 및 예산 · 신임 각 지부 회장 및 회원소개	김천과학대학	2명	참석자: 김재수, 박정우
3.13.- 5.29.	문학창작교실 개설	· 상주시민을 위한 문학 강좌 · 본회 회원다수 참가, 연중 운영 · 본회 박찬선 시인님 강의	경상북도립 상주도서관	7명	*매주 목요일: 19:00-21:00
3.17.	상주아동문학회 월례회	· 전월 실적 전달, 향후 본회 계획 안내 · 회원 작품 합평	까치복집	6명	
3.25.	3월 월례회	· 한국문인협회 신입회원 입회규정 안내 · 제5회 벚꽃시화전 개최 제반 협의 · 도로명 새 주소 제출 안내	갈비마트	11명	*포항 권형하 시인 참석
4.5.	제5회 벚꽃시화전 오픈	· 2014. 4. 5. 북천 구조물 계단 · 간단한 개회식 및 인사, 축사 진행 · 다과를 겸한 담소, 시화 감상	북천	15명	
4.7.	이옥금 회원님 신인상 수상	· '공무원문학' 신인상 수상 - 「심장 두 개 마음 하나」 외 2편	공무원문학 제28집	1명	
4.14.	상주아동문학회 월례회	· 본회 상주시 보조금 배부 확정 안내 · 회원 작품 합평	나성식당	7명	

일시	사업명	운영내용	장소	참석	비고
4.29.	4월 월례회	· '세월호' 사건으로 취소			
5.26.	상주아동문학회 월례회	· 상주 함창읍으로 옮겨 월례회 개최함 · 회원 작품 합평	빛나래곶감	5명	
5.27.	5월 월례회	· 각종 보조금 교부 내역 안내 · 2014 상주예술제 행사 계획 수립 · 한국문인협회 회원증 발급 안내 · 회원 작품 합평	갈비마트	9명	
6.23.	상주아동문학회 월례회	· 본회 발전 방안 협의 · 회원 작품 합평	나성식당	6명	
6.25.	상주예술제 시낭송 및 한글백일장	· 제19회 시낭송대회 개최 · 제18회 한글백일장 개최 - 상산관에서 두 행사를 동시에 진행함 - 당일 심사 완료함	북천임란 전적지	20명 134명	※참가대상 - 초, 중, 고, 일반
7.21.	상주아동문학회 월례회	· 본회 작품집 발간 협의 · 회원 작품 합평	나성식당	7명	
7.29.	7월 월례회	· 2014 상주예술제 입상자 시상 · 과월호 상주문학, 낙동강 갈비마트 보관 · 경북문협 100인 시화작품 제출 안내 · 2014 낙강시제 협의 · 작품합평	갈비마트	10명	*포항 권형하 시인 참석
7.31.	2014 경북문인협회 100인시화전작품제출	· 5명 작품 송부 · 2014.10.1.-10.5(5일간) 영주문화예술회관에서 전시됨, 경북예술제의 일환	경북문협카페	5명	
8.1.	시 작품 제출 안내	· 2014 서울지하철 승강장 스크린도어 게시용 시 제출 안내(8. 13일 한)	이메일 및 문자	회원	
8.9.-8.10.	제3차 창원세계아동문학대회	· 제12차 창원아세아동문학대회 겸함 - 주제: 어린이에게 꿈을 심어주는 문학 · 세계 16개국 400여 명 참가함 · 학술대회 형식으로 논문 발표, 토론으로 진행	창원 컨벤션센터	1명	
8.12.	제52회 경북글짓기 교과교육연구회	· 동화를 통한 어린이 이야기 교육 사례	상주관광호텔	7명	

일시	사업명	운영내용	장소	참석	비고
8.12.	하계연수회	· 시낭송 지도와 시 교육 · 글짓기 수업의 지도 방안			
8.18.	소백아동문학회 제22집 출판기념회 참석	· 영주시 무섬마을에서 개최 · 고 김동극 초대 회장 추모 특집 겸함 · 시집 발간 소개 및 시 낭송	영주시 무섬마을	2명	
8.19.- 12.23.	도서관, 내 생애 첫 작가 수업	· 문화체육관광부, 한국도서관협회 주최 '내 생애 첫 작가 수업' 운영 - 기간: 8.19.-12.23. 매주 화, 목, 18:30-21:30 - 장소: 경상북도립상주도서관 - 대상: 문학을 열망하는 시민 27명 - 강사: 박찬선	경상북도립 상주도서관	5명	
8.25.	2014 낙강시제 문학 페스티벌 개최 협의 상주아동문학회 월례회	· 일시, 장소, 대회명칭 선정 · 2014 상주감고을축제 기간 중 1일 운영 · 행사 내용 협의 - 개회식, 문학콘서트, 시낭송 및 시 퍼포먼스, 문학 강연, 상주이야기 공연, 학생 백일장 등 · 홍보 방안 협의 · 가을 축제 참여 협의 · 회원 작품 합평	상영초등학교	2명	*세계유교문화재 단 2명, 상주한시 협회 2명 참가
8.26.	8월 월례회	· 지난달 문학관련 행사 전달 · 상주문학, 낙동강 과월호 갈비마트 보관 안내 · 2014 낙강시제 문학페스티벌 행사 협의 · 작품 합평	갈비마트	12명	
9.22.	상주아동문학회 월례회	· 감고을 상주 이야기 축제 행사 안내 - 동시, 동화 이어쓰기대회 운영 - 경북 동화구연대회 운영 · 회원 작품 합평	나성식당	6명	
10.10.- 10.12.	2014 감고을 상주 이야기 축제	· 본회 참여 프로그램, 상주아동문학회 주관 - 경북어린이 이야기 구연 대회 - 동시 및 상주이야기 이어쓰기 공모전	상주시 북천 시민공원	10명	
10.15.	10월 월례회	· 제63회 낙강시제 문학페스티벌 안내 · 감고을 이야기 축제 문학행사 결과 전달 · 상주문학 제26집 발간 협의	갈비마트	10명	

일시	사업명	운영내용	장소	참석	비고
10.15.		· '달성문학' 과 본회 간 작품 교류 협의 · 회원 작품 합평			
10.18.	상주동학농민혁명 기념 시낭송회 참여	· 상주 왕산 공원에서 개최 · 웹진 문학마실 주최 · 본회 회원 시 작품 참여 · 시낭송 및 퍼포먼스, 강연 행사	왕산 공원	6명	
10.28.	감고을 감성콘서트	· 경상북도상주교육지원청 주관 행사 · 본회 회원 2명 초청 시낭송 및 대담 · 시, 노래, 춤이 있는 시낭송회	자연드림	7명	
10.31.	시의 날 기념 '제2회 시낭콘서트'	· 상주시낭송회 주관, 회원 시 낭송 · 시노래, 무용, 연극 공연 · '상주시낭송회' 소개	자연드림 3층 공연장	5명	

10.31.-11.1.	2014 상주 낙강시제 문학페스티벌	· 시노래 중심 낭만콘서트
		  - 상주실내체육관, 가수초청, 시민대상
		· 제3회 전국 청소년 문학상 개최
		· 2014 낙동강 시선집 발간
		  - 전국 시인 대상, 강과 물의 시
		· '문학강연' 문효치, 장윤익 시인 초청
		· 시낭송 및 시 퍼포먼스, 시화전, 상주이야기 그림전
			상주시 실내체육관	12명	

11.19.	제4회 환경사랑 학생백일장 개최	· 상주시청 및 상주예총 주최 · 주제: 환경사랑 · 대상: 관내 초, 중, 고등학생 대상	중덕지 생태공원	140여 명	
11.22.	느티나무 시동인 출판기념회	· 인사, 축사, 작품평 · 제11집 '안부를 묻다' 시 낭송	갈비마트	5명	
11.24.	상주아동문학회 월례회	· 푸른잔디 발간 책자 배부 · 작품 합평	나성식당	6명	
11.26.	11월 월례회	· 상주문학 26집 출판기념회 협의 · 이상달 유고시집 발간 협의 · 문학기행 협의, 2014 정기총회 협의	갈비마트	10명	
11.28.	상주예총 워크샵	· 2014년도 운영 내용 평가 및 반성 · 2015년도 운영 방향 협의	경천대 회타운	3명	
11.28.	들문학 출판기념회	· 인사, 축사, 시노래 공연 · 들문학 제21집 출판기념 시 낭송 등	자연드림	6명	

일시	사업명	운영내용	장소	참석	비고
12.5.	제3회 환경사랑 학생백일장 시상식	· 대상: 관내 초, 중, 고등학생 · 주제: 환경사랑 · 시상: 대상, 금, 은, 동, 장려상 76명	상주문화회관 소강당	105명	
	2014 낙강시제 청소년문학상 시상식	· 대상: 전국 초, 중, 고등학생 · 주제: 강과 물 · 시상: 대상, 장원, 차상, 차하, 장려 37		45명	
12.6.	경북문학축전	· 경북문단 31호 출판기념회 및 공연 · 문학 강연 I, II · 경상북도문학상 시상식, 임시총회	김천문화예술 회관	4명	
12.12.	숲문학 출판기념회	· 인사, 축사, 작품 소개 · 제15집 출판기념 및 시 낭송	자연드림	9명	
12.19.	상주문학 제26집 출판기념회	· 식전, 식후 공연 · 인사말, 축사, 격려사 · 시낭송 및 시 퍼포먼스 · 문학 강연 및 질의응답 · 뒤풀이	경상북도립 상주도서관	80명	
12.20.	문학기행	· 본회 및 상주지역 문학단체 참여 행사 · 경남 마산, 삼천포 일원 문학관 관람	경남 마산, 삼천포	45명	
12.22.	상주아동문학회 월례회	· 한해 본회 운영 반성 및 평가 · 2015 본회 운영 방안 모색 · 회원 작품 합평	나성식당	9명	
12.29.	12월 월례회 및 정기총회	· 2014년도 평가 및 반성 · 2015년도 계획 수립 · 임원 개선 및 회칙 수정 보완	갈비마트	15명	

상주문협 회원 주소록

이름	주소 및 연락처	분과
강문숙	경북 상주시 상산로 174 102/101 (742-758) 010-6509-7749 maytwelve@hanmail.net	시
고인선	경북 문경시 홍덕동 225-27번지 전원다실 3층 (745-890) 010-3006-9281 kis3149@hanmail.net	수필
권형하	경북 포항시 북구 우창동로 157 우현금호어울림 A 101/404 (791-250) 010-3726-1083 badaro7@hanmail.net	시조
김동수	경북 상주시 냉림동 냉림드림뷰 107동 902호 (742-070) 010-6516-2006 cjtsns0416@naver.com	시
김미양	경북 상주시 함창읍 오동리 606 (742-804) 010-5191-8945 meinme8945@hanmail.net	동시
김숙자	경북 상주시 함창읍 오사리 211 (742-804) 010-9541-6598 dkll2004@hanmail.net	시조
김연복	경북 상주시 낙양동 171-3 대림아크로빌 1203호 (742-901) 010-4910-6570 ybkm1228@hanmail.net	영시
김영숙	경북 상주시 화서면 달천리 233 (742-862) 010-8582-9738 kimsk9738@hanmail.net	시
김다솜	경북 상주시 낙양동 171-5 녹원빌라 A/302 (742-901) 010-3824-0065 altari1222@hanmail.net	시
김재수	경북 상주시 신봉동 293 (742-130) 010-9450-5558 khsal1145@hanmail.net	동시
김철희	경북 상주시 영남제1로 리더스파크골드 202동 902호 (742-070) 018-505-1500 simin8700@hanmail.net	수필
민병덕	경북 상주시 남적동 22 (742-360) 010-2324-1523	시조
박두순	서울시 서대문구 홍제3동 문화촌 현대A 102/1009(120-764) 010-8224-8548 21mhmh@hanmail.net	시
박순혜	경북 상주시 인봉동 늘푸른타운 402호 (742-060) 016-9460-3357 dkh7001@hanmail.net	수필
박영애	경북 상주시 복룡동 우방A 108/503 (742-755) 010-5467-8543 happy1760@nate.com	수필
박정우	경북 상주시 남원2길 42-40 (742-903) 010-8581-0179 pjw1089@hanmail.net	동시
박찬선	경북 상주시 만산2길 21-2 (742-260) 010-3534-8971 sun631@paran.com	시
송순옥	경북 상주시 청리면 청하리 721-1 (742-833) 010-3532-1561 sso910@hanmail.net	수필
신동한	경북 상주시 함창읍 구향리 166-27 (742-802) 010-4530-3269 sdh326@naver.com	시
오정석	경북 상주시 계산동 성신여자중학교 (742-210) 010-9038-7250 sukcross3416@hanmail.net	수필

이름	주소 및 연락처	분과
육경숙	경북 상주시 무양동 동보아파트 106/302 (754-742) 010-3554-3912 sky3912@empal.com	동시
윤종운	경북 상주시 낙양동 145-1 낙양경희아파트 101/1509 (742-901) 010-2532-5232 yjw80008@hanmail.net	시
윤철순	경북 상주시 무양동 185 진주맨션 다/102 (742-754) 010-9869-1478	시
이미령	경북 상주시 남성3길 34번지 J타운 303호 (742-904) 010-2862-1233 ryeong1233@hanmail.net	시
이미숙	경북 상주시 무양동 무양안길 17번지 리치펠리스 503호 (742-090) 010-6687-8182 nwt010@naver.com	수필
이승진	경북 상주시 신봉동 동아A 105/905 (742-758) 010-3456-0676 snonggu@gy06.net	시
이은정	경북 상주시 서문동 144-3 (742-080) 010-8592-8867 ejlee-67@hanmail.net	시
이창모	경북 상주시 무양동 동보A 102/505 (742-754) 018-577-2690 lcm5312@hanmail.net	동시
이창한	경북 상주시 개운동 605-12 (742-140) 010-5535-4411 saman01@hanmail.net	시
임희주	경북 상주시 은척면 봉중리 (742-933) 010-4412-8485 heeju8485@yahoo.co.kr	동시
장원달	경북 상주시 경상대로 2749-10 101동 1301호(신봉동 명지3차A) (742-130) 010-9138-2559	시
정복태	경북 상주시 서문동 93-7 (742-080) 010-4815-3056 jungbok3056@naver.com	소설
조재학	경북 상주시 냉림동 178-11 (742-070) 010-3342-5461 jaek5621@hanmail.net	시
황화숙	경북 상주시 낙양동 6-20 상주동부곶감 (742-901) 011-9367-1475 hwanggoggam@hanmail.net	수필

아직은
아름다운 문학의
언덕에 서서

　고 이상달 시인의 추모특집을 실었다. 이상달 시인은 개인적·역사적 상처를 안고 한 시대의 가난을 노래한 시인이다. 그는 가난한 사람들의 곁에서 가난을 위한 노래를 불렀던 우리의 착한 이웃이었으며 시장에 살면서 가족과 고향, 그리고 시장의 가난과 아픔까지 사랑한 우리의 자랑스러운 글꾼이었다. 이상달의 시인의 이야기가 사위어가는 오늘날의 시장이 다시 사는 불씨가 되면 좋겠다. 노래의 씨가 되면 좋겠다. [이○○]

　권형하 시인의 시적 성취는 그의 시에서 나타나는 시어(詩語)와 시적 구사에서 아마 가장 그다운 시적 언어로 피어오르고 있다. 그 사실은 권형하 시인이 만들어진 시인이 아니라 천부의 시적 재능을 가지고 태어났다는 것으로 나는 생각한다. 이즈음처럼 말이 이상하게 구겨져 그것도 이상한 카톡 언어로 그 우리말이 추락하고 타락하는 때에, 그의 시어는 참으로 소중한 가치를 가졌다는 것을 우리들은 자랑해도 좋으리라. 부디 더욱 좋은 시로 한국 시단의 큰 별이 되길 빌어보는 것은 이 글을 쓰는 필자만의 개인적 바람과 소망만은 아닐 것이다. [정○○]

시인으로 살아간다는 것은 무엇일까! 바람이 부는 언덕에 서서 작은 바람씨 하나를 품어본다. 벚꽃이 필 때부터 문협 활동 모습을 정리해 보았다. 특집 두 편과 수필, 시, 동시, 물의 노래, 낙강시제 특강 원고, 그리고 학생 작품 등 여러 삶을 글로 풀어 보았다. 특히 올해는 달성문학과의 교류로 10여 편의 글을 함께 실었다. 스물여섯 번의 《상주문학》이 아직은 아름다운 문자의 언덕에 슬그머니 발을 내민다. 함께 참여한 모든 분께 감사드린다. 바람이 분다. 글 좀 써 봐야겠다. [김○○]

신토불이건강원

홍삼액·양파즙·사과즙·배즙·포도즙·보신탕·흑염소·붕어즙·녹용·인삼즙

우리 가족 건강 지킴이

정직하고 깨끗한 100% 순수 원액

가공 판매 전문

대 표
송순기

경북 상주시 성동동 628-7

전화 054) 535-963 휴대전화 010-8646-0609

尚州文學

尙州文學 제26집 · 2014

발행처 · 한국문인협회상주지부
발행인 · 박정우
제작처 · 도서출판 청어

1판 1쇄 인쇄 2014년 12월 5일
1판 1쇄 발행 2014년 12월 15일

주소 · 서울특별시 서초구 효령로55길 45-8
대표전화 · 586-0477
팩시밀리 · 586-0478

홈페이지 · www.chungeobook.com
E-mail · ppi20@hanmail.net

ⓒ한국문인협회상주지부, 2014
ISBN · 979-11-85482-76-7 (04810)
      979-11-85482-74-3 (세트)

이 책은 2014년도 경상북도 문예진흥기금과 상주시 사회단체
보조금을 지원 받아 출간하였습니다.